品味日韓

蔡瀾選集・拾貳

www.cosmosbooks.com.hk

書　　名　蔡瀾選集・拾貳——品味日韓
作　　者　蔡　瀾
出　　版　天地圖書有限公司
香港黃竹坑道46號
新興工業大廈11樓（總寫字樓）
電話：2528 3671　傳真：2865 2609
香港灣仔莊士敦道30號地庫／1樓（門市部）
電話：2865 0708　傳真：2861 1541
印　　刷　亨泰印刷有限公司
柴灣利眾街德景工業大廈10字樓
電話：2896 3687　傳真：2558 1902
發　　行　香港聯合書刊物流有限公司
香港新界大埔汀麗路36號中華商務印刷大廈3字樓
電話：2150 2100　傳真：2407 3062
出版日期　2020年6月初版・香港

ISBN 978-988-8548-65-1

出版説明

蔡瀾先生與「天地」合作多年，從一九八五年出版第一本書《蔡瀾的緣》開始，至今已出版了一百五十多本著作，時間跨度三十多年，可以說蔡生的主要著作都在「天地」。

蔡瀾先生是華人世界少有的「生活大家」，這與他獨特的經歷有關。他祖籍廣東潮陽，新加坡出生，父母均從事文化工作，家庭教育寬鬆，自小我行我素，放蕩不羈。中學時期，逃過學、退過學。由於父親管理電影院，很早與電影結緣，求學時便在報上寫影評，賺取稿費，以供玩樂。也因為這樣，雖然數學不好，卻苦學中英文，從小打下寫作基礎。

上世紀六十年代，遊學日本，攻讀電影，求學期間，已幫「邵氏電影公司」工作。學成後，移居香港，先後任職「邵氏」、「嘉禾」兩大電影公司，監製過多部電影，與眾多港台明星合作，到過世界各地拍片。由於雅好藝術，還在工餘尋訪名師，學習書法、篆刻。

八十年代，開始在香港報刊撰寫專欄，並結集出版成書。豐富的閱歷，天生的愛好，為熱愛生活的蔡瀾遊走於東西文化時，找到自己獨特的視角。他筆下的遊記、美食、人生哲學，以及與文化界師友、影視界明星交往的趣事，都栩栩如生地呈現在讀者面前，成為華人世界不可多得的消閒式精神食糧。世上有錢人多的是，但不一定有蔡生的機緣，可以跑遍世界那麼多地方；世上有閒人多的是，也許去的地方比蔡生多，但不一定有他的見識與體悟。很多人說，看蔡生文章，如與智者相遇、如品陳年老酒，令人回味無窮！

蔡瀾先生的文章，一般先在報刊發表，到有一定數量，才結集成書，因此「天地」出版的蔡生著作，大多不分主題。為方便讀者選閱，我們將近二十年出版的蔡生著作重新編輯設計，分成若干主題，採用精裝形式印行，相信喜歡蔡生作品的朋友，一定樂於收藏。

天地圖書編輯部

二〇一九年

與蔡瀾同行

*金庸

除了我妻子林樂怡之外，蔡瀾兄是我一生中結伴同遊、行過最長旅途的人。他和我一起去過日本許多次，每一次都去不同的地方，去不同的旅舍食肆；我們結伴共遊歐洲，從整個意大利北部直到巴黎，同遊澳洲、星、馬、泰國之餘，再去北美，從溫哥華到三藩市，再到拉斯維加斯，然後又去日本。我們共同經歷了漫長的旅途，因為我們互相享受作伴的樂趣，一起享受旅途中所遭遇的喜樂或不快。

蔡瀾是一個真正瀟灑的人。率真瀟灑而能以輕鬆活潑的心態對待人生，尤其是對人生中的失落或不愉快遭遇處之泰然，若無其事，不但外表如此，而且是真正的不縈於懷，一笑置之。「置之」不大容易，要加上「一笑」，那是更加不容易了。他不抱怨食物不可口，不抱怨汽車太顛簸，不抱怨女導遊太不美貌。他教我怎樣喝最低劣辛辣的意大利土酒。怎樣在新加坡大排檔中吮吸牛骨髓，我會皺起眉頭，他始終開懷大笑，所以他肯定比我瀟灑得多。

我小時候讀「世說新語」，對於其中所記魏晉名流的瀟灑言行不由得暗暗佩服，後來才感到他們矯揉造作。幾年前用功細讀魏晉正史，方知何曾、王衍、王戎、潘岳等等這大批風流名士、烏衣子弟，其實猥瑣齷齪得很，政治生涯和實際生活之卑鄙下流，與他們的漂亮談吐適成對照。我現在年紀大了，世事經歷多了，各種各樣的人物也見得多了，真的瀟灑，還是硬扮漂亮一見即知。我喜歡和蔡瀾交友交往，不僅僅是由於他學識淵博、多才多藝，對我友誼深厚，更由於他一貫的瀟灑自若。好像令狐沖、段譽、郭靖、喬峰，四個都是好人，然而我更喜歡和令狐沖大哥、段公子做朋友。

蔡瀾見識廣博，懂的很多，人情通達而善於為人着想，琴棋書畫、酒色財氣、吃喝嫖賭、文學電影，甚麼都懂。他不彈古琴、不下圍棋、不作畫、不嫖、不賭，但人生中各種玩意兒都懂其門道，於電影、詩詞、書法、金石、飲食之道，更可說是第一流的通達。他女友不少，但皆接之以禮，不逾友道。男友更多，三教九流，不拘一格。他說黃色笑話更是絕頂卓越，聽來只覺其十分可笑而毫不猥褻，那也是很高明的藝術了。

過去，和他一起相對喝威士忌、抽香煙談天，是生活中一大樂趣。自從我試過心臟病發，香煙不能抽了，烈酒也不能飲了，然而每逢宴席，仍喜歡坐在他旁邊，一來習慣了，二來可以互相悄聲說些席上旁人不中聽的話，共引以為樂，三則可以聞到一些他所吸的香煙餘氣，稍過煙癮。蔡瀾交友雖廣，不識他的人畢竟還是很多，如果讀了我這篇短文心生仰慕，想享受一下聽他談話之樂，未必有機會坐在他身旁飲酒，那麼讀幾本他寫的隨筆，所得也相差無幾。

＊這是金庸先生多年前為蔡瀾著作所寫的序言，從行文中可見兩位文壇健筆相交相知之深，相信亦有助讀者加深對蔡瀾先生的認識，故收錄於此作為《蔡瀾選集》的序言。

目錄

一、日本篇

二、韓國篇

一、日本篇

重訪北海道

約五十年前，我在東京當學生時，一到冬天，就往北海道跑，對這個大島很熟悉。日本人去北海道是夏天，他們見慣雪，不稀奇，冬天是不去的。這時候去沒甚麼人，旅館很便宜，可以玩一個痛快。

返港後寫了許多冰天雪地的回憶，國泰本來有直飛航班的，但因客量少而要停航，在最後一班，給了我很多商務位，又有許多讀者看了我的文章，都想去看看，因此有了組織旅行團的念頭。五天四夜，吃住最好的，團費只需一萬港幣一位，即刻爆滿。

參加過的人都滿意，要求一去再去，這時只好飛東京，再轉機去札幌，舟車勞頓，也反應奇佳。剛好無綫電視策劃一個叫《蔡瀾嘆世界》的節目，由國泰旅遊贊助，我和李珊珊主持，第一站拍的就是北海道，而且帶了李嘉欣，在露天大雪地泡溫泉，反應奇佳。

有生意做了，國泰也恢復了直飛札幌的航班，後來成為他們最賺錢的一條航線，這些事，當時的 CEO 陳南祿先生可以證明。

這麼多年來我們去遍了北海道東西南北，阿寒湖、淀山溪、網走等等，是最熱門的行程，有一次和陶傑合作，叫「雙龍出海」，一團有一百二十位團友參加。

日本人是後知後覺的，他們的日航和全日空都不設直飛，國泰賺個滿鉢，北海道人更不會做生意，好的溫泉旅館不多，後來才有「鶴雅」這個集團看準了市場，在各個點建了最好的旅館，當中距離札幌的千歲機場最近的，是「水之謌」，吃住一流，我們一去再去，但後來在日本各地找到更好的住宿，好像已經把北海道忘記了。

我的結拜兄弟李桑在馬來西亞有間叫「蘋果旅遊」的旅行社，已經做到一年有數十班包機從吉隆坡去北海道，邀我帶一個高級的團，也就欣然答應，再走一趟。

當今冬日的札幌，充滿海外客人，一年有幾百萬的遊客，到處可以聽到講國語的人，全市商店也聘請了會講國語的僱員，自由行也一點問題都沒有。

我們在札幌最喜歡去的是一家叫「川甚」的料亭，早年是招待高官達人的藝伎屋，當今芳華已逝的老闆娘還是風韻猶存，和我們的客人又唱歌又跳舞，食物也好吃得不得了，尤其是最後那道日本糭子，百吃不厭。

「川甚」料亭（本店）
地址：札幌市中央區南七條西3
電話：+81-11-511-3234

「你去的地方都很貴，有沒有便宜的可以介紹？」這是許多認識的人問我的。

有，有，這回時間多了，到各處去搜尋，札幌市內有一家叫「角屋」的鰻魚店，非常大眾化。從前鰻魚飯這種日本獨有的料理很少人欣賞，但一吃上癮，在其他國家又不開這種專門店，所以很多人去到日本一定去找來吃，下回去札幌，不妨光顧。

「角屋」鰻魚店
地址：札幌市中央區南4條西2丁目 Tokyu-Inn 地下層
電話：+81-11-531-1581

在札幌市中央區南4條西2丁目 Tokyu-Inn 地下層，全層有許多又便宜又好吃的店，Cairn 別館的鐵板燒很不錯，老闆是個香港迷，最會招呼外國客人。Cairn 這個字爬山的人才知道是甚麼，經過的雪地上用石頭一塊塊堆積成的小丘當記號，就叫 Cairn。

其他還有「江戶八」，賣牛肉火鍋，天婦羅有新宿 Tsunahachi 的分店，很吃得過。更有燒雞的專門店「車屋」，另外要吃壽司的、芝士火鍋的，都可以在同一層找到。

當然，去了北海道一定要吃海鮮，在中央市場的「北之美味亭 Kitano Gourmet」最大眾化了，吃一條香港最貴的「喜知次 Kinki」，也只是香港的三分之一價錢，燒來吃最佳，但是懂得吃的人還是會點用醬油煮出來的。冬天喜知次全身是油，不可錯過。另外有只生長在北海道的一種很特別的魚，叫「八角 Hakkaku」，介紹給團友，都讚不絕口。更值得吃的是「牡丹蝦 Botan-Ebi」，比甜蝦大幾倍，啖啖是肉，鮮甜得不得了。響螺在潮州吃很貴，北海道的便宜得發笑，但個頭沒有潮州那麼大，來個刺身，另有一番風味。

地址：北海道札幌市中央區北 11 條西 22-4-1

電話：+81-11-621-3545

但要吃最高級的壽司，還是得去價錢貴的，在丸山區的「壽司善」本店是我最愛去的。必須訂座，鑑於有很多外國客人訂了位又不去，損失不少，店裏當今有另一套制度應對，那就是要先付一萬円保證，不到了就沒收，看來他們是吃盡苦頭。

其他常去的有「忘梅亭」的海鮮大餐，有刺身火鍋等等。你可以說留了肚子，去機場才吃北海道著名的拉麵，但一去到機場內的拉麵街，才知道大排長龍。

大排長龍的還有入閘的海關，一條蛇餅，圈完又圈，遊客實在太多。那條龍一排至少四十分鐘，一不小心就趕不上飛機，北海道人還是不知道怎麼應付，從數十年前的入閘要排長龍到現在，死性不改，是札幌機場的一大缺點，小心，小心。

一定得提早到機場，一去到，才發現札幌機場有全日本最大的商店街，甚麼哈囉吉地、多拉艾文的專門店裏商品應有盡有，這一來，又要趕不上登機了。

青森之旅

年輕時和我一齊到日本的，是一位叫蘇進文的中學同學，後來我留在東京，他去了青森，在當地電視台實習。暑假期間他來到東京，一直向我提及青森的蘋果以及它的眠豚燈節，我很想去，但沒機會。

想不到這一隔就是三十多年，這次為旅行團探察新路線，才有緣份看到青森。

從大阪轉內陸機，需兩小時的飛行，在青森機場等行李時，看到一張巨大的幻燈片照片，有百多個男男女女全部裸着身體對鏡頭，同一時間浸着溫泉，廣告字句寫着「千人風呂」四個大字。

我即刻直指着這張圖片大嚷。

接待我們的友人像哄小孩子：「今天太晚了，先去淺蟲溫泉，明天才帶你去。」

「淺蟲（Asamushi）？這名字好怪。」我說。

淺蟲地區沒有蟲，是一個靠海的小鎮，盛產扇貝，曬乾了就是江瑤柱，生吃最鮮。入住該區最好的「海扇閣」旅館，晚餐供應的是扇貝大餐，各種做法，吃之不盡。加上魚生，飽得不能動彈。

對着大海，頂樓有個大池；望出去風景優美。浴室外面有一個所謂的露天風呂，但被屋頂蓋住。我向旅館經理投訴：「怎麼不是真正的露天？」

「我們這裏雪很大。」經理解釋：「沒屋頂擋一擋的話，溫泉都變冷泉。」

泉水無氣味，香港人不知，以為硫磺味才是溫泉，其實真正的高級泉水，是不應該有任何味道的。

第二天出發，才明白旅館經理說得一點也不錯。大風大雪，當今已是三月中旬，道路兩旁積的雪足足有十幾人高，比北海道厲害。

一路向着深山中的「千人風呂」旅館走，雪愈下愈大，一片白色。汽車高速奔馳，有如過山車那麼刺激。終於抵達「酸之湯」旅館。

向櫃枱說我只要看一看，但經理回答不行，非得脫掉所有衣物不可。

入鄉隨俗，即除光，走入那間三千二百平方呎的浴室。一片朦朧的蒸氣，甚麼東西都看不到。小心扶着樓梯把手，走到池子浸了進去。一陣很強烈的硫磺味，雖然不是優質泉水，但好像對身體特別有益，香港人來了一定高興。

像在漆黑的晚上，眼睛慣了就看到東西。浴室中有熱池、冷池、熱六分冷四分池、水柱池等。女性不只是老太太，年輕女子的曲線也呈在眼前。旅館經理之前向我說過：「有時來了一大群女的，男人都嚇得不敢走進去。沒自信嘛！」

想起在機場看到的那張照片，一定做過手腳，把水的溫度降低，不然拍不出。據說一連浸它十天，能治百病。這家旅館很平民化，可以到廚房自己煮東西吃。不積雪的時候隨地有蕗薹、草蘇鐵、衣衾草、薇、蕨等種種野菜，採了自炊，一樂也。

我將帶來的旅行團可沒有那麼多時間自己動手，故計劃下榻附近的「八甲田」旅館，溫泉則去「千人風呂」浸。「八甲田」整間旅館用大木條搭出，房間舒暢，晚上可以吃青森的鄉土料理。旅館門口有一隻很大的狗，我嫌酒店名難記，一味叫它狗旅館。

最後的晚上住一間叫「錦水」的旅館，為青森第一流的，進門看見名藝術家設計的陶板壁畫，非常有氣派，房間也不錯，可惜溫泉也是室內的，不是很大。

但當地人解釋，用檜木製造的池子，最大也就這麼大了。日本人很重視檜木的氣味，有些還認為腐爛的檜木更香，我們看到發了霉的木池子怕怕，他們當寶。好在「錦水」的這個檜木池很新，乾乾淨淨沒有問題。

晚餐豐富，還有生烤全隻鮑魚，一定能滿足團友的要求。

雖然吃的是不錯，但溫泉和旅館總比不上我帶各位去過金澤的「百萬石」、有馬的「GRAND」，或是湯原的「八景」。

那麼要去青森幹甚麼？

主要的目的當然是吃蘋果了。

青森蘋果是全日本最好吃的，最高級的叫「富士」。而富士也有很多品種，最優秀的是「弘前」出產。我們去那裏的蘋果園，要等到十一月中旬，蘋果最成熟的那一天去採，才叫過癮。

此行找到一個果農，要求把「蔡瀾嘆世界」這五個字印在蘋果上面，黃字紅底。上次也試過請蘇美璐畫了我的樣子製造，但效果不佳，還是用文字清楚。

賣蘋果的年輕人得過許多獎，他忠告：「富士種雖然甜，但顏色不夠陸奧種鮮紅，反正留着當紀念，酸不酸不是問題，你們到蘋果園採的，安排富士就是。」

與他講好，在園中任吃不嬲，每人還能帶十個最大的回香港，果農點頭答應。鄉下人熱情好客，拿了自製的蘋果汁請我們。「這是去年十一月中做的，酸味已經全部揮發。」

清澈香甜，是我這一生嚐過最好喝的。單單為了這一口果汁，老遠跑到青森，也值得了。

資料提供：

海扇閣（KAISENKAKU）

地址：青森縣青森市大字淺虫字螢谷31番地

電話：+81-017-752-4411

網址：http://www.kaisenkaku.com

酸之湯（SUGAYU）

地址：青森縣青森市荒川南荒川山國有林酸湯沢50番地

網址：http:// www.sukayu.jp

電話：+81-017-738-6400

八甲田（HAKKODA HOTEL）

地址：青森縣青森市荒川南荒川山 1-1
電話：+81-017-728-2000
網址：http:// www.hakkodahotel.co.jp
錦水（KINSUI）
地址：青森縣南津輕群大鰐町字上牡丹森 36-1
電話：+81-017-247-5800

重訪新瀉

對新瀉的印象，當然是米，甚麼「越之光」類的日本大米，都產自新瀉。好米來自好水，有好水，就有好的日本清酒了。

第一次去新瀉，是為了買「小千谷縮」這種布料而來到，新瀉昔時被大雪封閉，女子織麻，男子拿去鋪在雪地上，麻變質，縮了起來，不會黏住肌膚，又薄如蟬翼，這種布料已成為文化遺產，只能在新瀉找到。

很久沒去日本吃水蜜桃了，說到水蜜桃，當然是岡山的最好，但那邊的酒店沒甚麼水準，記起新瀉也盛產水蜜桃，而且非常之甜，又恰好當地觀光局派人來邀請我去視察，就即刻動身，重訪新瀉，看看有甚麼好吃的，和甚麼好旅館。

老友刈部謙一已在成田機場等候，他是我那本日文版《香港美食地圖》的編輯，和名字一樣，謙謙有禮，是位知識分子，同行的還有小林信成，是新瀉人，亦是作家。

早上八點從香港出發，日本時間下午兩點抵達，苦候三個半小時，到五點三十分才由成田起飛到新潟，坐的是一架小型螺旋槳飛機，抵達新潟機場太陽已下山，這種走法並不理想，如果帶團來，可要想別的途徑。

新潟產業勞動觀光局的課長玉木有紀子和主任野澤尚包了一輛七人車，我們一行五個人開始了新潟的四天旅程，讓我看當地最好的一面。

被雪包圍的「嵐溪莊」是一間很別致的旅館，列入有形文化財之宿，也是日本隱秘溫泉守護會的會員。花園中有一個個白雪堆成的小屋，裏面點着火把，像大燈籠，客人可以鑽進去飲酒作樂。女大將大竹由香利是日大藝術學部的畢業生，對我這個大前輩恭恭敬敬，我只是一心一意地想即刻衝進溫泉中泡一泡。

果然是好湯，用手一摸自己的身體，滑溜溜地，無色無味的溫泉，是最高質的。這個泡浸，的確能恢復身心疲勞，其實這句話有語病，恢復疲勞，那不是把疲勞叫回來嗎？哈哈。

吃一頓豐富的晚餐，倒頭即睡，翌日的早餐也好吃，餐具都是古董，很講究，刈部謙一問我意見如何，是否可以帶團來住？問題在整間旅館只有十一間房，我說：「帶女朋友來，是很理想的。狗仔隊也不會追蹤到這裏。」

地址：新潟縣三條市長野一四五〇
電話：+81-0256-47-2211
網址：http://www.rankei.com

翌日早上九點出發，去了「玉川堂」看銅器製作。附近有銅礦，自古以來所製銅器已聞名，在一八七三年日本初次參加維也納世界博覽會時已得獎，明治天皇婚禮時玉川堂也送過銅製的大花瓶，從此皇室的典禮中，都用玉川堂製品，當今是新潟縣的無形文化財。

老匠人仔細地介紹，如何從一塊普通的銅板打造成一個銅茶壺，每一方吋，至少敲一百下，依時間來算，普通人覺得貴的，也很便宜。

買了一個之後，問老闆玉川洋基道：「當今大陸泡茶，流行用南部鐵壺，和銅造的有甚麼不同？哪一種較好？是不是燒出來的水特別好喝？」

「一般人喝不出的。」他回答：「銅的傳熱的確比鐵的快，沸水的時間短，但也得小心看着，水燒乾了銅壺會穿洞，不過如果是我們生產的製品，可以拿回來，免費修理，會和新買的一模一樣，可以用一生一世。」店裏還陳設着其他產品，像銅茶罐、茶杯和酒器等。

地址：新潟縣燕市中央通2丁目二番21號
電話：+81-0256-62-2015
傳真：+81-0256-64-5945
網址：http://www.gyokusendo.com

再去看「庖丁工房（Tadafusa）的製刀廠，位於三條市，十六世紀以來就以造刀著名，從專業用的到家庭用的，連切蕎麥麵、劏金槍魚的特製刀具都齊全，而且備有各種刀柄，牛角鹿角都有，也接受訂造，我買了一把精製的廚刀，才八千円，一點也不貴。

地址：新潟縣三條市東本成寺 27-16
電話：+81-0256-32-2184
傳真：+81-0256-35-4848
網址：http://www.tadafusa.com

已到中飯時間，去一家叫「長吉」的餐廳去吃 kamo 料理，日本人的所謂 kamo，用漢字寫成「鴨」，其實和鴨無關，是「雁」的意思，冬季野雁飛來，極肥大，數目多，取之不盡，不擔心絕種也就吃了。

吃法是把雁肉切片，放在鐵鼎上烤，通常烤一陣子就可以吃，日本對吃雁還是有要求，一烤過熟，肉就硬了，剛剛好時的確美味，皮的脂肪特別厚，略焦更美，肉雖然不能說入口即化，但也不韌。

「味道如何？」刈部謙一問道。

「還好。」我回答：「但不是能像牛肉豬肉可以天天吃的。」

日本沒有我們認為的鴨，鵝更要在動物園才能找到，如果去日本開我們拿手的燒鵝店，可用雁肉代替。

地址：新潟市西蒲區山口新田字西前田91

電話：+81- 0256-86-2618

從吃雁肉的餐廳到新潟車站很近，我一直為了組團來，用甚麼方法最好的問題，和觀光局的玉木有紀子商量，最後還是決定先飛到東京，住一晚，再從東京乘子彈火車兩個多小時後抵達新潟最妥。

早上出發，抵埗後一定肚子餓，吃些甚麼？我們去魚市場視察，發現一些鮮魚檔可以即點即做即吃，來個海鮮任吃的大餐，看到甚麼點甚麼，最過癮了，至於是那種魚蝦蟹，看季節而定。

晚上，在一家叫「龍言」的旅館過夜。這間古色古香的酒店，是以下中國圍棋和下日本象棋見稱，名人比賽都在這裏進行，近來有一電視節目拍日本象棋，更引起一番熱潮。

我最感興趣的反而是旅館對面的那間酒吧，甚麼清酒都有，正想即刻去試時，當地魚沼市觀光局派來的平賀豪說有一壽司店，賣的是用香菇和茄子做的壽司，叫我一定要去試試。我對這一類新派壽司很反感，為了給面子也去了，反正平賀豪説一餐只吃六貫，壽司飯團不叫一個個，叫貫。

到了一看，哎吔吔，門口那暖簾掛的「龍壽司」三字，用現代化的抽象漢字寫着，心更涼了一半。走了進去，見板前長是一個四十至五十歲的人，請我們坐在櫃枱前，以便溝通，吃冬菇壽司罷了，談些甚麼？

櫃枱擺着兩瓶酒，是「八海山」製造的，包裝摩登，原來是新產品的燒酎，日本燒酎一般都是用麥或者番薯當原料，這個新燒酎則是用米釀出來，而且浸在木桶內，做成像威士忌一樣的效果。一瓶叫「萬華」，另一瓶叫「宜有千萬」，後者還可以訂購，十年後才出貨，送給友人或自己品嘗都可以。

被問要怎麼喝？要了一個燒酎 High Ball，High Ball 是昔時喝威士忌的叫法，真實就是威士忌加蘇打。

喝了一口，味道被蘇打搶去，喝不出所以然，就叫一杯淨飲。咦？另有風味，與別不同，像威士忌又不是威士忌，味道好，喝得過。

但來這裏不是喝酒，是來試吃冬菇壽司的，第一貫叫「舍利．山葵」，舍利Shali，是壽司用語，米飯的意思，此地叫南魚沼，是新潟「越光米」的產地，當然非先吃一下不可。米飯極香，黏度又夠，店主佐藤説是用新米和舊米各一半炊出來，才有這種效果。至於山葵，是附近田裏自己種的，水好，味道當然好，這一貫簡簡單單的握壽司，一吃令我另眼相看。

接下來是「特別木箱雲丹的軍艦卷」，海膽壽司用紫菜圍着，作船形，故稱軍艦。特別木箱是方形的，一般雲丹箱作長形，特別箱有兩倍之多，選馬糞雲丹中的極品紫雲丹作原料，就算在築地，最多一天只賣五箱左右。雲丹又香又濃，是極品中的極品。店主佐藤用料的嚴謹。問他一箱多少錢，回答三萬円，由平川水產株式會社供應。

第三貫叫「天惠菇」，原來一點也不像一般的香菇，倒似外國的大型蘑菇，用一百度的沙律油過一過，接着塗上醬油，切成鮑魚片狀，此種菇也只產於南魚沼，口感和香味皆佳。

第四貫是「太刀魚」，就是我們的帶魚了，先用橄欖油把皮煎至爽脆，再加上葱和醋，加了米飯捏了上桌，我一不小心把飯和魚弄崩，佐藤即刻叫止，另握一貫給我，真是沒有吃過更鮮的帶魚。

第五貫叫Kasuko，是鯛魚的春，用糖、鹽、醋和昆布四個階段醃製，一般江戶前壽司的技法只限於三階段，佐藤加了糖這個階段，味道更錯綜複雜。

第六貫為「魚沼」，是山葵花加Toro，這個季節的山葵花盛開，和金槍魚腩特別配合，另撒上梅鹽來分散山葵辣味，吃了那麼多年的Toro，沒試過這種吃法。

本來只有六貫的，我要求再來，佐藤特別捏了「穴子」給我，用了傳統江戶前的技法，原料來自淡路島，是供應給皇室的品種，佐藤把這種海鰻魚做得出神入化。

另外，還有很柔軟的八爪魚，和用甜蝦磨成泥，再加蛋黃的下酒菜，此餐吃後，大叫朕滿足矣，跑上前和佐藤擁抱，說：「你不是大廚，你是藝術家。」

地址：新潟縣南魚沼市大崎 1838-1

電話：+81-025-779-2169

網址：http://www.ryu-zushi.com

（註：需三天前預訂。）

回到「龍言」晚飯不在旅館裏吃，而去對面的「安穩亭」，用名貴魚類像黑喉等做爐端燒，但已實在吃不下，只顧喝酒，這時「八海山」來了一位商品開發營業企劃部的室長勝又沙智子，把公司全部酒拿來試飲，此姝能言善道，舉止溫柔體貼，白天上班，晚上當志願義工來宣傳新潟文化，有她在，酒喝得更多。

最特別的是氣泡清酒，為了二〇二〇年東京奧運，八海山釀製了發泡酒來慶祝，口感和味道都是一流，下次和團友來到，就可以大喝特喝了，當今暫時不發售。

地址：新潟縣南魚沼市坂戶七十九

電話：+81-025-772-3470

網址：http://www.ryugon.co.jp

「龍言」旅館並不完善，住的問題還未解決，若辦旅行團，一切都會因此而名副其實地「泡湯」了。

心急之際，觀光局的玉木有紀子說，在一個叫村上的海邊，新建了一間叫「大觀莊」的旅館，十一間房，皆有獨立溫泉，不過路途遙遠，新潟地形又窄又長，村上市靠海，在最北邊，我們決定乘子彈火車去，再遠也得去尋找。

是否經過「小千谷」呢？這也是賣點之一，「小千谷縮」這種布料，是值得擁有的。

「經的。」南魚沼觀光局的平賀豪說，此君一路跟着我們，我在「龍壽司」吃東西時怕記不得那麼多，叫他一一記下，他的功夫做得很足，我封他為我私人秘書，他說：「還有一個關於布料的地方，也想帶你去看看。」

他介紹過的壽司店好吃，對他有信心，就跟他去看看，到達之後看見一片雪地，匠人在上面鋪着一匹匹的布，我問道：「這是小千谷縮嗎？」

「不。這叫雪曬。」平賀豪回答。

遇到的重要無形文化財匠人叫中島清志，七十多歲了，他詳細解釋：「小千谷縮是把麻布鋪在雪地上，讓它縮起來，做的是新布，我們處理的是舊布，和服可以拆開來，再縫成一匹長布來洗，洗過之後同樣鋪在平坦的雪地上。太陽和雪的反射產生臭氧（Ozone），可以讓白的部份更白，彩色的部份更鮮艷，只有在新潟生產的麻布能拿回來洗，我們也說是讓這件衣服回到故鄉。」

「哇。」我說：「洗一匹布要多少錢。」

「很便宜，一百萬日圓左右。」

當然，所花的人力和技術及時間來算，一點也不貴。

車子爬上彎彎曲曲的山坡，一路上是雪，在深山中，找到了一家叫「川津屋」的，我們專程來這裏吃野味，很多人知道我是不吃的，但沒有試過的肉我都會嘗試一吃，而且這裏的「洞熊」肉一年裏只有三次機會可以抓到，數量還是不少，不是瀕危物種。洞熊Anakuma，又叫日本獾，性情非常兇猛，樣子和體重都像果子狸，肉的顏色鮮紅，有如玫瑰，煮熟了之後發現脂肪很厚，顏色雪白，赤肉則色淡，是有股異味，但並不難聞，吃慣了也許會像羊肉般喜歡上，店裏也有熊肉，但無個性，不好吃。

川津屋也可以住人，溫泉水質很好，是度蜜月好去處。

地址：新潟縣中魚沼郡津南町秋山鄉

電話：+81-025-767-2001

網址：http://www.tsunan.com/kawatsuya

吃飽到小千谷，在一家叫「布 Galary」店可以買到這種有一千二百年歷史的傳統布料「小千谷縮」，用苧麻製成，一匹布剛好可以做一件中國男裝的長衫，每匹五十萬日圓，運到東京大阪就不止了。

地址：新瀉縣小千谷市旭町乙 1261-5

電話：+81-0258-82-3213

電郵：mizuta@ioko.jp

乘火車到村上市，昔時的大街本來要給地產商夷平，但遭到茶葉舖和鮭魚乾舖的抗議，保留了下來。

賣鮭魚乾的店裏掛滿曬乾的鮭魚，從天井到客人頭頂，至少有上千條，像個鹹魚森林，蔚為奇觀。店裏的人拿了一尾下來切了一小片給我試吃，沒想像中那麼硬，是下酒的好菜式，發現魚肚沒像其他魚那麼劏開，只開了一個小口取出內臟，問原因，回答道：「村上是個武士的村莊，連賣魚的都是武士，切腹對武士來講，是一種禁忌。」

去隔壁的茶葉店「富士美園」，店主四十歲左右，叫飯島剛志，已是第六代傳人，問道有沒有玉露，他點頭，請他泡一壺來試。

一喝，味濃，的確甘美，與京都「一保堂」的兩樣。

「和宇治茶比呢？」我想聽詳細的分別。

飯島回答：「茶種是從宇治來的，但是我們的茶園日照時間短，生長在下雪的地方，茶葉比較細小，也少澀味，你不認為很甘香嗎？」

我點頭，大家告別。

地址：新瀉縣村上市長井町 4-19

電話：+81-254-52-2716

網址：http://www.fujimien.jp

終於在日落前趕到那家大型的旅館，與其說旅館，不如說大酒店，一走進去就有一陣觀光客味道，房間雖說有私人浴池，但太細小，總之不夠高級，放棄了。

心急如焚，翌日就要返港，再也找不到下榻之地，怎麼辦？

忽然想起第一次來新瀉時入住的「華鳳」，觀光局的玉木有紀子說已有新的別館，我大喜，翌日即趕去視察，發現別館富麗堂皇，非常之清靜優雅，房間有西式、日本和式以及兩種混合，私家浴池也很巨大，就那麼決定了，鬆了一口氣。

算了一算，還差一頓午餐，小林先生說有一位老友要介紹給我，一見面，發現是一個風趣的老頭。

「你的年紀不會大過我吧？」我問。

「我八十三歲了。」早福岩男先生說。

「不可能的。」我叫了出來。

早福哈哈大笑：「我一生只會吃喝玩樂，會吃喝玩樂的人，不會老。」

那麼吃的地方問他一定不錯，他說新瀉市區的藝伎自古以來聞名，不如去有藝伎的料亭吃甲魚，想起都市的「大市」甲魚湯，好吃得令人垂涎，即刻叫好。

這麼一切安排好，只等夏天水蜜桃最成熟時。

新瀉，我來也。

富山縣

我們遇上到口音有點不純正的日本人，便會問：「Kuni wa?」（家鄉是那裏？）Kuni這個字是國家，也能說成邦或縣，遇到日本人不會問你是不是日本人，而是問你鄉下在哪裏？答案便是日本全國分出來的一都：東京都。一道：北海道。二府：大阪府、京都府。四十三縣：愛知、宮崎、秋田、長野、青森、長崎、千葉、奈良、福井、新潟、福岡、大分、福島、岡山、岐阜、佐賀、愛媛、沖繩、群馬、埼玉、廣島、滋賀、兵庫、茨城、靜岡、石川、櫪木、岩手、德島、香川、鳥取、鹿兒島、富山、神奈川、和歌山、熊本、山形、山口、高知、三重、山梨、宮城、島根。

近年結識的叫松井香保里，是位退休的日航空姐，她來自富山，得知我對新潟的旅遊出了一分力，便千方百計地託人來找，剛好我們有一個共同的友人叫菊地和男，是一個出名的攝影師，通過菊地，專程來東京找我，最後說服我到富山走一趟。

富山在哪裏？東京出發，乘北陸新幹線，二小時十四分便可到達，其實離我常去的福井也很近，從金澤去，更是只要十多分鐘子彈車罷了。

一般人一提起富山，就說：啊，那是立山黑部水壩所在地。我對這些現代大工程沒有興趣，黑部水壩只出現在石原裕次郎的電影中，要不要親眼看看？松井問我。我搖搖頭，說：「世界文化遺產五箇山的合掌建築群，倒非常想走一走。」

有甚麼資格才能成為文化遺產？當然是獨特的，不受時間影響而保存下去的。在一座叫五箇山的谷底，河流經過處，我們可以看到一棟棟的茅草屋頂的建築物群，為了防止積雪壓倒，屋頂佔了整間屋子的一大部份，十分傾斜，像人們拜佛時的合掌。

茅頂也不是持久不壞的，每過十五至二十年，一定要換一次，這時整個村的村民同心合力，依足傳統方式製造屋頂，稱之為「結」，也叫「合力」。

屋頂重建好時剛好是節日的開始，農民們載歌載舞，節奏由一種檜板綁在一起的敲擊發出，叫 Sasara，你去參觀時可以看到它掛在壁上。

我們在一家叫「莊七」的民居下榻，客廳有個 irori 火爐，燒着水沏茶。到了吃飯時間，就可以把整個鍋掛上去，裏面煮着各種鄉下食物下酒，在那種鄉土味道極為濃厚的農村，很容易就喝醉，回房取了毛巾，走到另一座建築中去泡溫泉，想體驗一下農民生活的遊客不可錯過。

地址：富山縣南礪市相倉 421

電話：+81-0763-66-2206

三面深山、一面臨海的富山，水產也極豐富，日本人一提到刺身，都說富山的魚好吃。我們去當地一間最好的，叫「榮壽司」，門口設計很摩登，裏面卻是依足傳統的，坐在檜木櫃枱前，由數代傳人坂本吉弘親自握壽司給我們吃，我一向對加了飯糰的吃法有些抗拒，只叫刺身下酒，各類魚吃之不盡，甚至還有「雉子羽太」和「鬼笠子」皆未吃過，真是像倪匡兄所說活到老，吃到老，學到老，如果他肯跟着一齊來的話一定大樂。

地址：富山縣富山市太郎丸西町 2-7-1

電話：+81-076-411-7717

當今，在甚麼都貴的香港，去到哪裏，都會感到一切便宜，包括當地的名產，當學生時買不起的，現在都可以隨手拈來。我每到一地便會到古董店找手杖，來到富山，更能請匠人訂做了。

富山以掛祿著名，叫為「井波雕刻」，在一三九〇年建築的「瑞泉寺」因大火盡毀，一七六三年重建時請了一大批京都本願寺的御用雕刻士，來造佛像和雕樑上的掛祿，這些人留了下來，現在我們去還可以在大街上找到他們的店舖。

我拜訪的是「野村雕刻工房」的野村清寶和野村光雄，和他們閒聊掛祿，因為當年在邵氏時有一陣子閒着，便到木工部去，向老師傅們學木刻，故有點知識，大家談得開心後，便請對方為我刻一根手杖。對藝術家不可討價還價，由他們開，現在已經做好了，我在十二月時還要再去富山，確定一些農曆新年旅行團的行程，到時去取。

地址：富山縣南礪市井波瑞泉寺前

電話：+81-0763-82-2016

對繪畫有興趣的朋友，可參觀「棟方志功紀念館愛染苑」，裏面有他的「鯉雨畫齋」，陳列着不少作品。

還是說吃吃喝喝比較不悶，富山有甚麼好酒呢？「滿壽泉」是當地最好的，試喝過，發現等級有如福井的「梵」，還沒被人炒高，賣得很合理，可以到他們酒藏去參觀。主人叫桝田隆一郎，精神上是一個大嬉皮，不止釀酒，還到世界嚐美食，也喜歡創新，甚麼都玩。Kit-Kat朱古力很會做生意，在日本和各大味覺公司合作，製造出幾百種口味，桝田也一齊玩，做出日本清酒的Kit-Kat，當今已被視為收藏品了。

在店裏看到一種「甘酒」，是富山最古老的種麴店製品。甘酒是甜酒釀，沒有酒精的，在寒冷的冬天溫熱來喝，最可喜。這家「石黑種麴店」自一八九五年以來，門外不出所料地做酒餅，用最古老的方法將一粒一粒的米從芯發酵，我試了一口，味道驚為天人，並不太甜，而且帶鹹。當今酒麴已當成化粧品，傳說對女性皮膚最好，我不是女人，不知。

地址：富山縣南礪市福光新町54番地

電話：+81-0763-52-0128

網址：http://www.1496tanekouji.com

重新發現福井

「你去了日本那麼多地方，最喜歡哪裏？」常有人那麼問我。

北海道我最熟悉，當然喜愛。山形縣也好，乘着小船看最上川的春夏秋冬各不同的風景，又有美酒「十四代」喝，真不錯。夏天最好當然是岡山，有肥滿得流出甜汁的水蜜桃，入住的那家酒店對面有河流穿過，岸邊噴出溫泉，男女老幼都赤條條地浸着，晚上享受老闆娘特製的鮎魚麵醬湯，真是樂不思蜀，還有……還有……

但說到最喜愛，最後還是選中了福井。別和有核子發電廠的福島混淆，福井可從上海、首爾直飛小松機場，再乘個多小時的車就抵達，由香港去，飛大阪最近，坐一輛很舒服的火車叫「Thunderbird」的，兩小時抵達，旅館就會派車相迎。

已經去了多次了，和「芳泉」旅館的老闆和老闆娘都混得很熟，「芳泉」的好處在於那二十八間房，每間房都有自己的溫泉，當然要去大浴室也行，不過想多浸幾次，還是一起身就跳進房間裏的露天風呂好，吃完晚飯睡覺之前，照浸不誤，每天連大浴室的，浸個四五次才能叫夠本。

如果只有一兩個人去度蜜月的話，那麼海邊的那家「望洋樓」最舒服，只有七八間房，吃的是一流的螃蟹。說到螃蟹，福井的「越前蟹」一試難忘，不是其他地區可以比較的，也只能到福井去才吃得到，一運到外面就瘦了。

肥大的蟹鉗，吃生的，專家們才能切出花紋來，蘸點醬油吃進口，啊，那種香甜，不是文字形容得出。

另外的刺身有福井獨有的「三國蝦」，生吃一點也不腥，甜得要命，也從來不運出口。另一種樣子難看，色澤不鮮艷的叫 Dasei-Ebi，比三國蝦更甜，只有老饕才懂得欣賞，香港和東京的壽司店從來沒看見過。

介紹了殳俏去，她可以證實福井的蟹和蝦的美味，還在她那本《悅食》雜誌大篇幅介紹。推薦過多位友人去，也都大讚。

螃蟹有季節性，每年從十一月到翌年二月才不是休漁期，甜蝦則全年供應。其他時期去福井也有大把好東西吃，他們釀的酒「梵」是我喝過最好之一，繼「十四代」之後，應該會最受歡迎。我今年也許會組織另一團，專門去喝這個牌子的清酒，因為和當地人混熟了，酒廠會特別為我開放參觀。通常看出名的酒廠也買不到好的，「梵」會特別為我安排，讓大家大批買回來。除了「梵」，福井還有數不盡的酒莊讓你試喝個不停。

到了春天，福井山明水秀，有一棵樹齡三百七十年的垂櫻，巨大無比，生長在「足羽神社」，見證歷史的變遷，看完了這棵樹，繼而在櫻花大道散步，全長二點二公里，是櫻花森林，日本首屈一指的賞櫻地點，到了晚上燈光照耀，讓你宛如置身夢境。

夏天有盛大的煙花表演，還有「越前朝倉戰國祭」，重現了火繩槍的射擊，另有「不死鳥降臨的祭典」，記念大空襲、大地震、大海嘯等災害之後，大家走出來跳舞，充滿不屈服於逆境的精神。

春天是海產最豐富的季節，夏天有竹莢魚和海螺，另有三大珍味的醃製雲丹。要吃生的，海膽夏天也解禁了，從小生長在福井的人，據說是吃不慣其他地方的魚。

京都、金澤的楓葉美麗，福井的也不遜，「養浩館庭園」是江戶時代福井藩主松平家的別墅，秋天滿山是黃金的紅葉，如詩如畫。

回到冬天，白雪覆蓋，古時代的福井被大雪封路，斷絕了所有交通，但人民在逆境中求生，家家戶戶都開始做金絲眼鏡，造成近代的福井。全國有九十巴仙的眼鏡都是在福井製造，外國名牌貨，也多數在這裏加工，眼鏡業的發達，令到檢測眼鏡的度數非常精準，在這裏配上一副，你會發現看東西清晰得多了。

他們最近還出了最輕巧的眼鏡框，稱為紙一般輕的「紙眼鏡Paper Glass」。大自然、歷史、人文，映照成人民的幸福，福井名副其實，是日本人中最幸福的，教育水平也一直是日本首位，全省住民都彬彬有禮，到了當地就能感受得到。

在福井火車站附近，還可以找到藤野嚴九郎的故居，此君是誰？他是魯迅先生的老師，紹興市也和福井結成友好城市，魯迅也有著作提到藤野，魯迅的兒子也寫過這段友誼，字跡掛在故居的牆壁上。

仔細遊福井，還會發現不少好去處，這也是發現最多恐龍骨的地方，有間恐龍館讓兒童參觀，年紀大的也許不感興趣，可以推薦一個叫「白山平泉寺」的地方讓大家去散散步。

平泉寺也叫「苔寺」，古木參天之下，滿地的青苔，人們稱為青藍地毯。

冬天除外，這裏看到的是一整片的綠色，倒映的水池，也是綠色，還有綠色的台階，讓你一步步地踏上去，禪意盎然。當一個地方去完再去，你便會發現再發現這個地方的好處，除上述的，福井可以參觀的還有製造「和紙」的工廠、陶瓷器的製作，漆器也是聞名的，日本人去到那裏總會帶一雙漆筷子回家，玻璃業也發達，另外可以看武士刀的鑄製。吃的方面，更有肥美的河豚、蕎麥麵和很甜的番薯……

如果說不丹是人民最幸福的國家，那麼福井是遊客最幸福的省份，福井不會讓你失望。

芳泉

自從我在這個專欄和電視上介紹了福井縣之後，許多讀者和觀眾都對這個地方產生很大的興趣，有些國內的朋友竟然說有生之年，一定要去一次。

有這麼大的吸引力嗎？鏡頭上出現了一大碗飯，足足比餐廳湯碗還大，裏面裝着用了八隻雌蟹的肉和膏，又紅又紫又白，的確引人垂涎。

是的，福井縣吃得真的好，它在於冷暖流交界之處，所產螃蟹之質素比北海道的還要高，從不出口到其他地方。加上一個叫三國的地區的甜蝦，也是別處吃不到的，其他野生的海產如鮑魚、赤鱲和河豚等，都是最高級，食這方面，可以放一百個心。

至於住，這個從前的窮鄉僻野，長年被雪封閉的寒冷地區，不可能有甚麼好的旅館吧？

我來這裏，找了好多家，最後給我發現了群馬縣的「仙壽庵」，長野縣的「明神館」之外的另一顆溫泉旅館的珍寶，那就是福井縣的「芳泉（GRANDIA）」了，絕對不會令大家失望。

這次農曆新年，我又組織了一個旅行團，帶各位團友來到福井，入住「芳泉」，今年大年初一，眾人外遊，我請了一個假，躲在房間內寫稿。

一大早，大家吃完豐富的早餐之後出發，我先到大浴場去泡了一會兒，這裏的溫泉，分舊館五樓的整層大浴場，還有新館的「個止吹氣亭」的檜木浴室，我去的是後者，那陣檜木的香味撲鼻，浸在巨大的池子之中，身心舒適。

出來，遇到專務山口賢司，是第二代傳人，山口多年前一直喜歡看《料理的鐵人》這個飲食比賽的電視節目，我當過多次評判，對我有認識。他也熱愛香港，去過無數次，都是拿着我那本日本版的餐廳指南去找。這回我們來住他的旅館，感到特別高興，安排最好的服務。

「這家旅館，是經濟泡沫前建的嗎？」我問。

在那經濟起飛的年代，日本人忽然得到大財富，到處興建最好的酒店，一家比一家豪華，但金融風暴一到，又一間一間荒廢或倒閉，慘不忍睹。

「不是。」他說：「是經濟泡沫爆破之後才起的。我們從前開的是一家普通的旅館，到七三年才起新的這間旅館。我們知道，當日本經濟萎縮時，我們應該來一家更美更好的，才有資格和別人競爭。」

「真是夠勇氣。」我說：「以甚麼招徠？」

「每一間房，都有私人的露天浴室呀。」他說：「你對日本那麼熟悉，應該知道，就算最豪華的，有私人風呂的只是一兩間，最多也數不出十間來。我們這裏，一開就有二十八間。」

「嘩。」我說：「厲害。」

「像你們這種高級旅行團，房間的分配，有些有私人浴室，有些沒有，客人一定覺得不公平，到我們這裏，就沒這種問題。」

「我們一共住兩晚，吃的都是一樣的？」

「不。」他說：「福井縣以吃螃蟹出名，但我們也不會每個顧客都是蟹，第一個晚上有牛肉、鮑魚和河豚等等。另一晚才是全蟹宴，雌蟹一隻、大的松葉蟹一吃就是三隻，甚麼做法都有，叫做蟹盡，是所有螃蟹都吃盡的意思。」

「日本溫泉旅館，吃的甚麼都有，但是甚麼都是一點點的，不懂得甚麼叫吃得痛快的道理。」我批評。

「洗耳恭聽。」他說。

「像你們的甜蝦最肥美，而且只有這地方才吃得到，從來不出口，為甚麼只給三、四隻，應該給客人吃個過癮，才能留下深刻的印象。」

「知道了。」他即刻會意：「今晚就照你的吩咐，出二十尾，讓大家滿足。」

滿足，是他們的口號，這兩晚，不但吃得又飽又痛快，而且浴室中設有韓國女子的擦背，和揚州師傅那一套不同，全身每一寸肌膚都洗得乾乾淨淨，痛快到極點。

「你們的新館叫『個止吹氣亭』，是甚麼意思？」

「那是先用漢字來發音的，叫 Kotobuki，是『壽』的意思，表示一住下來，一定可以活多幾年，哈哈哈哈。」

從其他都市來福井縣，其實不如想像中那麼困難，在名古屋下機後坐巴士，三個小時能夠抵達。路上吃吃停停，有它的樂趣，不想乘那麼久的車，由大阪有一列叫「雷鳥」THUNDERBIRD 的火車，非常之舒適豪華，兩個鐘就到了。不然由東京坐飛機來到小松，再轉車也方便。

入住的客人只要早點通知旅館，他們會派專車到車站來迎接。山口賢司說，三年後才有新幹線從東京直達，那時遊客就會多了。

我們當然希望福井縣繁華，但還是乘這個時候去好了，一個外國遊客也沒遇上，是個幽靜休閒的好去處，吃得好住得好，不必考慮太多，即刻出發吧。

地址：日本福井縣蘆原市舟津 43-26

電話：+81-776-77-2555

網址：http://www.g-housen.co.jp

明神館

農曆新年的旅行，我們當然尋求最高的享受，到了日本，我事前找到兩家最好的日本旅館，都在深山之中，像兩粒珠寶。

第一間的「仙壽庵」，我已經介紹過，也帶了攝影隊去把她拍下來，不贅。

第二家就是「明神館」。

位置在長野縣，因為沒有新幹線經過，從東京或名古屋出發，路途相當遙遠，乘巴士四個小時，搭急行火車，也得花上三個鐘。旅館的東面是輕井澤，西邊為金澤，距離成田機場或中部機場各二百公里。乘巴士一萬日幣，包輛七人車，可得花五萬二千五百円，合港幣四千五百元，便能直達。若兩個人去，打電話訂房間兼安排交通，酒店會派車子來機場接你。

經過美麗的松本城後，一直往深山走，海拔一千公尺的山路一片白茫茫積雪，忽然，太陽出來，照在樹上，閃閃亮亮，像枝頭掛滿了鑽石，原來是冰滴的反射。旅館中人相迎，説：「你們運氣真好，這種冰樹現象，一年之中才有幾天。」

職員們穿着福爾摩斯常着的長袍，而不是日本傳統服裝。這家旅館將西方文化和日本文化調和得很好，沒有格格不入的感覺，外國客人一見即愛上，歐洲著名的 Relais & Chateaux 集團也拉她加盟。

入口處就有一個露天溫泉，供客人男女混浴。如果女士覺得難為情，那麼在晚飯那段時間男人是不准進入的。這一帶的泉質優良，無硫磺味，清潔透明，皮膚感到滑溜溜，值得一試。

大廳並非宏偉，分隔成數處，大的皮沙發讓客人小憩，不然去到圖書館兼電腦室中查電郵，這是唯一與外界溝通的辦法，手提電話收不到訊號，除非你用的是 iPhone，還可勉強連接得上。

職員送上飲品，不然可到室內櫃台喝熱飲，喜歡的話到圖書館外面去，那裏有個巨冰做的酒吧，來杯冰伏特加不錯，覺得太烈，可喝梅酒。

整間旅館有四十五間房，日本式的二十七間，洋室十八間，多數有私家浴池。若無，房間也寬大，落地玻璃窗遠望雪景，去公眾的大池泡浴，橫開的大窗像闊銀幕，池子無邊，景色倒映，和大自然融為一體。另外有一個臥池，躺着浸；又有一個主池，站着浸，隨你喜歡。

想做 Spa 的話，旅館中有一個叫 Natura 的香薰屋，日本水療和按摩技巧沒泰國的那麼服帖，但技師做事認真，不偷工減料。

吃飯前，市場經理大信田早苗 Sanae Onoda 前來聊天，她說：「這家旅館在一九三一年創立，已有近八十年的歷史了，前幾年才拆除後重新建築的。」

「日本不景氣已有二十年了。你們還敢下那麼重本來重建，勇氣可嘉。」我戴的也不是高帽，是事實。

「客人吃的蔬菜和水果都是我們自己有機種植的，剩了就當肥料，我們經營旅館的精神是：一切要重返大地。天氣越冷，菜越甜。」

果然，晚餐的蔬菜不只新鮮，還似乎聞到一股清香，先上的是蒸松葉蟹和鮎魚，前菜有帶子和甜蝦、牛舌、柿乾夾芝士、海草、河豚和大粒的黑甜豆。

接着用一個大陶缽，裏面裝着魚丸和湯，用雙手捧着喝，份量其實不多，但氣派很大，很過癮。

刺身有冰烏賊和魚子醬、鯛魚、鯉魚等海水魚兼淡水魚，煮物是鴨、蘿蔔、小芋和山葵。

用生牛肉握出的壽司、金槍魚和黑喉魚。隨着上。吃完以雪葩來洗洗口，吃法國原產的鵝肝、日本冬筍、豆芽、百合等等。

熱湯再次上，是野生的山瑞煮豆腐。

壓軸的是燒烤最高級的和牛。

最後才吃茶漬，不喜歡的人可叫白飯，日本人吃菜時只顧喝酒，白飯要單獨欣賞米的香味，只許配泡菜，當然還有熱騰騰的味噌湯，以山中採的水果結束。

早餐的菜也豐富，我們的行程緊密，沒時間安排給大家吃便宜的食物，我請旅館單獨為我們加煮了一大鍋咖喱，他們也很願意服務。

這麼優美的旅館只住一夜太可惜，下次來得享受兩個晚上才行。大廚前來，答應我做兩餐完全不同的菜。

有兩天工夫的話，就可以到附近走走，可乘氣球俯瞰滿山遍野的紅花，吊橋流水，遊一遊松本城堡，在古街道散步。如果是冬天，還能去看野猴閉着眼睛泡溫泉呢。滑雪的話，也有場地，我就是不明白，為甚麼滑雪場的酒店，設備都那麼差？

上網或打電話去訂房吧：

地址：長野縣松本市入山邊 8967 扉溫泉

電話：+81-263-31-2301

網址：http://www.tobira-onsen-myojinkan.com

重遊東京

農曆年依一貫傳統，跑到日本去休息幾天。這回的溫泉選在群馬縣的「仙壽庵」，想念山裏頭大雪紛飛的氣氛，就此前往。

前數回的溫泉都在關西，停大阪，這次要經過東京，已好久沒去，東京安縵旅館也沒住過，乘這個機會試試。

一向以房數少見稱的安縵，東京這一家有八十四間，算是多的了，位於大手町。

大手町是中央線的一個站，離東京站不遠，全是商業區，一點生活氣息也沒有，到了晚上，就是個死城。

在大廈中佔了幾層，好在出手闊綽，大堂打通四層，樓底高得不得了，懂得浪費，才有氣派。禪味的設計，一切以簡單的線條為主，顯得清清靜靜。

早餐在大堂層的餐廳，晴天可望富士山，有西餐和日本餐的選擇，當然是後者，上桌一看，有兩個木盒子，裝有各種各樣的佳餚，白米飯香噴噴，非常豐富。

每層只有幾間房，進去一看，空空洞洞，沒甚麼裝設，電視機也要按掣才升上來的，特色在日式風呂，雖然不是溫泉，也有點味道。

供應的浴衣質地極佳，問有沒有得賣，說在 Spa 區出售，跑去一看，有個無邊的池子，三十米大，要經過服務台另乘電梯才能到達，不能從大堂直接去到。

浴衣一萬五千円一件，不算貴，按摩價要比其他水療高出一倍以上，但服務奇佳，替我做油壓按摩的小姐叫光 Hikari，年紀輕輕，功夫一流，通常有這種技巧的已上年紀，而且變為老油條不肯用力，此姝絕對值得一試。

房租一晚多少錢呢？通常上網一查就知道，但是東京安縵賣的是海鮮價，每天在變，隨時提高，普通房從十二萬起到二十萬日圓左右，不包早餐和稅，套房值錢多一半至一倍不等，值得嗎？住安縵的客，也不計較了。

地址：東京都千代田區大手町 1-5-6 大手町大廈

電話：+81-3-5224-3333

傳真：+81-3-5224-3355

網址：http://www.amantokyo.com

但沒有生活氣息是致命傷，試過一次就算了，下回去東京，還是住銀座的半島。跑出來就有東西吃和可以購物，畢竟方便。

又去銀座的 Takagen 手杖專門店，買手杖已是我的人生樂趣之一了，這回找到一根黑漆漆，一點都不起眼的，是楠木製造，樹齡至少比我老許多，很喜歡。另一根是漆器，也是全黑，但把手是一朵鮮紅的玫瑰。最後一根最標青，用一個大羊角做成，見到的人都說很有架勢。

如果要避開人群的話，別到銀座的三越，去日本橋的本店好了，這裏只有日本人會來光顧，賣的東西也較銀座店高級，我曾經在這裏做了一件夾棉的衣服，現在穿着寫稿，天氣多冷也不會感覺凍。日本人沒忘本，把這種衣服稱為「吳服」，每家大百貨公司都有吳服部門，別罵我學日本人穿日本和服，我只是穿中國的古裝。

地址：東京都中央區日本橋室町 1-4-1

電話：+81-3-3241-3311

這回的餐飲去的都是一些常到的，「一宝」天婦羅的銀座店是三弟関勝主掌，他會講流利的英語。在香港開「一宝」的是二哥，他這次放假專程趕回東京幫手。

大阪的總店是爸爸和大姊經營，水準皆一流，用的是藏紅花 Saffron 油，非常輕盈，吃了不感到膩。

地址：東京都中央區銀座 6-8-7 交詢大廈 5 樓

電話：+81-3-3289-5011

黑澤明家族開的「黑澤」鐵板燒這次不去了，中午到他們的永田町店去吃蒸牛肉和日本麵，也很美味。

地址：東京都千代田區永田町 2-7-9

電話：+81-3-3580-9638

在福井吃得很滿意的螃蟹，原來在東京也嘗到，「望洋樓」在青山也開了家分店，每天從福井運來三國的甜蝦和越前大螃蟹，這餐蟹宴，也很盡興。

地址：東京都港區南青山 5-4-41

電話：+81-3-6427-2918

在自由活動那天，好友廖先生請客，再次去「麤皮」吃牛扒，因為我們是熟客，怎麼放肆也行，各種燒法每樣叫一客，切開來分着吃，就能試到不同的滋味，先來全生的 Blue 和全熟的 Well Done，再吃各種半生熟 Rare。

用的牛肉也和在神戶蕨野的飛苑一樣是三田牛，日本各地的牛都吃過，公認還是三田最好，而燒得出色的只有飛苑和驫皮這兩家。經理前來道謝，說上次我在《壹週刊》中寫過之後，生意好了許多。

地址：東京都港區西新橋 3-23-11 御成門小田急大廈 1 樓

電話：+81-3-3438-1867

返港之前，當然少不了大家一起到築地去走一趟，看到經常光顧的「井上」拉麵和「狐狸屋」牛雜檔都排滿了長長的人龍，已沒辦法等那麼久才吃那麼一碗，但還是擠了上去，問道：「就快搬了，你們也一起搬去新的築地嗎？」

見兩家人的老闆都搖搖頭，說還是在原址做下去，就放了一萬個心，下次還可以來逛「老築地」。

東京的百年老店

當今香港老饕去東京吃東西，追尋的只是些米芝蓮星級的餐廳，而我卻把百年老店一間間找出來，現在連米芝蓮也懂得這一套，開始推薦些古老的味道了。

他們首先介紹的是一間叫「駒形土鰍」的，這家人，我當留學生年代一直去光顧，它創業於一八〇一年，開業至今已兩百多年，還是賣那一兩樣菜，還是那個味道，價錢隨着貶值而提高，也不過是一百多元港幣一鍋。

駒形，是東京的一個老區，附近還有一家賣馬肉鍋的，一樣開了上百年。這家人專賣土鰍，也就是我們的泥鰍了。放在一個土鍋中，加些蛋漿、葱絲和牛蒡，煮將起來，日本人就那麼用來下酒。

好吃嗎？他們說是沒有骨頭，其實細刺極多，要像貓一樣的人才不會被捅穿喉嚨。肉沒有泥土味是真的，把活泥鰍用清酒來養過，異味去盡。

我們去這家老店是去懷古，昔時文人墨客都來過，谷崎潤一郎、池波正太郎、山口瞳等等，我們坐在木板櫈上吃幾十年前的一模一樣味道，你喜不喜歡是另一回事，但絕對是特別的。

地址：東京台東區駒形 1-7-12

電話：+81-3-3842-4001

營業時間：上午十一點到晚上九點，年中無休。

日本人到蕎麥麵店，主要是喝酒，下點小菜，最後店家捧出一個竹籬圓碟，上面鋪着燙得半生熟的麵條，用筷子一夾，放入一隻裝着漿汁的小杯，就那麼吸吸索索地把麵條吸入口中。最後，店裏拿出個四方形的漆器湯壺，裏面裝着燙過麵的湯水，加入漿汁之中，就那麼當成湯收場。

要吃這種最古老的味道，可到「蓮玉庵」去，它在一八五九年創業，介紹這家人的文字出現在森鷗外、坪內逍遙、樋口一葉等作家的書中。

賣的有五種麵，另有五種小菜，就此而已。

地址：台東區上野 2-8-7

電話：+81-3-3835-1594

營業時間：平日上午十一點半到下午三點半，五點到七點半；星期日和公眾假期，上午十一點半到下午七點半；星期一休息。

我們經常說日本料理中境界最高的天婦羅，它的好壞有天淵之別，好的可以炸完放在紙上，一滴油也不剩，壞的是一團漿，和家庭中的炸魚炸蝦一樣厚。當然三星店不少，如果要吃最古老的，還是到「大黑家天麩羅」吧，它在一八八七年創業，至今還是天天客滿，代表性的是店裏的「海老天丼」，一個大碗中底部盛有白飯，上面鋪有四尾大蝦，淋了醬汁，就那麼扒入嘴中吃，才賣一千九百五十円，多年價格不變，味道也不變。

地址：台東區淺草 1-38-10

電話：+81-3-3844-1111 / +81-3-3844-2222

營業時間：上午十一點十分到晚上八點半，星期六和公眾假期開到九點。

說到壽司，百年老店有好幾家，新富町的「蛇之月鮨本店」、日本橋的「蛇之市本店」和淺草的「壽司清」，我們常去的是「Otsuna 壽司」，沒有漢字，開在六本木，也有一百四十年的歷史了。

各種魚生任點，食材也是從築地新鮮運到，老店不會欺客。說到好吃的，不是魚，而是用腐皮包的飯糰 Inari Zushi，每個一百一十五円，吃兩個就飽，其他綜合壽司從一千六到四千六円，刺身大雜燴便宜的是二千五百八円，貴的三千六百円。

地址：港區六本木 7-14-16

電話：+81-3-3401-9953

營業時間：上午十一點到晚上八點半

東京每一區都有一兩家古老的鰻魚飯店，各有特色，吃鰻魚飯不能心急，要慢慢地等師傅把鰻魚烤好，所以這種店一大團人光顧，一定應付不了。

老店有淺草的「Yakko」、雷門的「Unagi 色川」、日本橋的「高嶋家」、新橋的「鰻割烹大和田」、千代田的「Unagi 秋木」、上野的「鰻割烹伊豆榮」，都是百年以上。

因為野生的鰻魚已經愈來愈少，東京鰻魚店只剩下「野田岩」有賣，它在一七〇〇年創業，德川家十一代將軍德川家齊已去光顧。

當今的老闆還是堅持着古老的味道，但他已走遍世界，在巴黎住過一陣子，專攻餐酒，所以店裏的珍藏豐富，而你會發現，鰻魚和紅酒，是一絕配。

地址：港區東麻布 1-5-4

電話：+81-3-3583-7852

營業時間：星期一至六，上午十一點到下午一點半，下午五點到八點。星期日休息。

其他料理的老店，有專吃「親子丼」的人形區的「玉」（Hide），一七六〇年創業。

喜歡「鋤燒」（Sukiyaki）的話，「今半本店」在一八九五年創業。其實去吃甚麼老店，酒店櫃台都有指南，但老店多數是不能訂座的。

日本人沒甚麼大野心把店開成連鎖，他們開店就把一塊橫條掛在門口，叫為「暖簾」（Noren），店裏的東西，與其精益求精，不如味道一成不變，可以把「暖簾」一代傳一代傳下去，這已謝天謝地了，和我們的想法完全不一樣的。

神田

多年前，當我的辦公室設於尖東的大廈裏面時，結識了一位長輩，精通日語，成為忘年之交，他開了一家叫「銀座」的日本料理，拜託我幫忙設計餐飲，我也樂意奉命，一天，他說：「替我找個日本師傅來客串半年吧。」

那時我和日本名廚小山裕之相當稔熟，就打個電話去，小山拍胸口說：「交給我辦。」

派來的年輕人叫神田裕行，在小山旗下餐廳學習甚久，二十二歲時已任廚師長，對海外生活和與外國人的溝通更是拿手，我們就開始合作了。

和神田一齊去九龍城街市購買食材，他說能在當地找到最新鮮的代替從日本運來的，一點問題也沒有。當然主要的還是要靠北海道、九州和東京進口。

我們安排好一切，神田就在餐廳中開始表演他的手藝。我一向認為要做一件事就要盡力，連招呼客人的工作也要負責，白天上班，晚上當起餐廳經理來，這也過足我的癮，從小就想當一次跑堂，也想做小販，這在書展中賣「暴暴茶」也做到了，一杯賣兩塊錢，收錢收得不亦樂乎。有了神田，銀座日本料理生意滔滔。

最後神田功成身退，返回東京，也很久未曾聯絡，不知去向，直至《米芝蓮指南》在二〇〇七年於日本登陸，而第一間日本料理得到三星的，竟然是神田裕行。

當然替這個小朋友高興，一直想到他店裏去吃一頓，但每次到東京都是因為帶旅行團，而早年我辦的參加人數至少有四十人，神田的小餐廳是容納不下的。

我的人生有許多階段，最近是在網上銷售自己的產品，愈做愈忙時，旅行團的次數已逐漸減少，但每逢農曆新年，一班不想在自己地方過年的老團友一定要我辦，否則不知去哪裏才好，所以勉為其難，每年只辦一兩團，而且人數已減到二十人左右。

今個農曆年，訂好九州最好的日本旅館，由布院的「龜之井別莊」，第一團有位，第二團便訂不到了，我把第二團改去東京附近的溫泉，又在臉書上聯絡到神田，他也特別安排了一晚，在六點鐘坐吧枱，八個人吃，另外在八點鐘開放他的小房間，給其他人。

一齊吃不就行了嗎？到了後才知道神田別有用心，他的餐廳吧枱只可以坐八人，包廂另坐八人，那小房間是可以讓小孩子坐的，他的吧枱，一向不招呼兒童，而我們這一團有一家大小。

去了元麻布的小巷，找到那家餐廳，是在地下室，走下樓梯，走廊盡頭掛着小塊招牌，是用神田父親以前開的海鮮料理店用的砧板做的。沒有漢字，用日文寫着店名。

老友重逢，也不必學外國人擁抱了，默默地坐在吧枱前，等着他把東西弄給我吃。

我們的團友之中有幾位是不吃牛肉的，神田以為我們全部不吃，當晚的菜，就全部不用牛肉做，而用日本最名貴的食材：河豚。

他不知道我之前已去了大分縣，而大分縣的臼杵，是吃河豚最有名的地方，連河豚肝也夠膽拿出來，因為傳說中只有臼杵的水，是能解毒的。

既來之則安之，先吃河豚刺身，再來吃河豚白子，用火槍把表皮略烤，若沒有吃過大分縣的河豚大餐，這些前菜，屬最高級。

和一般蘸河豚的酸醬不同，神田供應的是海鹽和乾紫菜，另加一點點山葵，河豚刺身蘸這些，又吃出不同的滋味。

再下來的鮟鱇之肝，是用木魚絲熬成的汁去煮出來，別有一番風味，完全符合日本料理之中的不搶風頭，不特別突出，清淡中見功力的傳統。

接着是湯。吧枱後的牆上空格均擺滿各種名貴的碗碟，這道用蝦做成丸子，加蘿蔔煮的清湯盛在黑色漆碗中，碗蓋畫上梅花，視覺上是一種享受。

跟着的是一個大陶盤，燒上原始又樸素的花卉圖案，盤上只放一小塊最高級的本鮨，那是日本海中捕捉的金槍魚，一吃就知味道與印度洋或西班牙大西洋的不同，刺身是仔細地𠛬着花紋，用小掃塗上醬油。

咦，為甚麼有牛肉？一吃，才知是水鴨，肉柔軟甜美，那是雁子肉，烤得外層略焦，肉還是粉紅的。「你們不吃牛，模仿一塊給你們吃。」神田說。

再來一碗湯，這是用蛤肉切片，在高湯中輕輕涮出來。

最後神田捧出一個大砂鍋，鍋中炊着特選的新米，一粒粒站立着，層次分明，一陣陣米香撲鼻。

沒有花巧，我吃完拍拍胸口，慶幸神田不因為得到甚麼星而討好客人，用一些莫名其妙所謂高級的魚子醬、鵝肝之類來裝飾，這些，三流廚子才會用。神田只選取當天最新鮮最當造的傳統食材，之前他學到的種種奇形怪狀、標新立異的功夫，也一概摒除，這才是大師！

不開分店，是他的堅持，他說開了自己不在，是不負責任的，如果當天吃得好，不是分店師傅的功勞，吃得差，又怪師傅不到家，怎麼可以？對消費者也不公平，但這不阻止他到海外獻藝，他一出外就把店關掉，帶所有員工乘機去旅行。

神田從二〇〇八到二〇一七年連續得米芝蓮三星。

地址：東京都港區元麻布 3-6-34

電話：+81-3-5786-0150

河童橋

到東京去玩，當然去銀座走走，年輕人則到涉谷、青山、原宿等地購物，我最喜歡的是一大早到築地魚市場去吃東西，買些蔬菜帶回來。

除了築地，近來愛逛的是合羽橋。

合羽橋日文唸成 Kappa Bashi。Kappa 和河童同音，有時誤識為河童橋。河童是一隻在童話中出現的動物，有手有腳，卻長了一個平禿的頭，嘴巴像鴨子。因為形象鮮明，合羽橋的商店街就用河童為標誌。它離開淺草車站不遠，向西北方向走去，十多分鐘之後，看見街上畫着一隻隻的河童，便是合羽橋了。

特色是賣餐具，你如果要開任何形式的餐廳，只要到合羽橋走一圈，甚麼東西都能齊全地收羅。

走過一家，小小的櫥窗中看到一些咖啡杯，精美得很，便進去看看，店舖小得很，各式各樣的咖啡杯由最便宜到最昂貴的都有，轉個角，有條樓梯，登上二樓，佈滿了世界各國運來的磨咖啡粉機。走到三樓，汽油爐、火水爐、蠟燭爐、炭爐、專賣爐子。四樓、是咖啡店中用的林林總總的餐牌，木做的、皮做的、塑膠做的。五樓、裝方糖的容器和煙灰盅。六樓、招牌設計和室內裝飾品，都與咖啡有關。這時你已經走到腳軟，看到眼花，不想再爬七樓和八樓。

旁邊一家是專賣日本人開中華料理的用具，都是些日本人設計的假中國東西，碗碟筷子，中不中西不西地，但應有盡有，包括裝飾門口的兩隻大石獅子。

再過去是門簾店，日本人開店喜歡掛門簾，若將它掀起，就表示收檔。由傳統的浮世繪到近代的抽象畫設計的門簾，讓你去選。我買了一副，分兩面，左邊是普通藍花布，右邊畫着一個小孩捲起門簾偷看，可愛到極點。門簾店也賣大旗子，為你訂製印上店舖名字，插在門外招徠客人，有些小旗寫一個「冰」字，是供店舖在夏天賣紅荳刨冰，還有一幅中華麵，讓推車的小販深夜賣宵夜用的。

同樣的舖子至少有五六間，客人可以一間間的比較價錢，通常在合羽橋買的價錢是大百貨公司的一半，至少也要便宜小雜貨店三成左右。而且，其中一家一定在大減價，大減價的招牌也隨時可以買到，在大減價商店買大減價招牌。樂事也。

鑄鐵店中一排排的燒烤用品，大小火盤。大火盤是給夏天生火用，仿古地，學着當年行軍時，木架上束個鐵斗，斗中裝着柴枝點火照明，現在則用來做立體的廣告。小火盤上有幾根細鐵枝，頭頂鑄個小印，原來是像西部片烙牛皮一樣，這個小印用來烙餅，軟軟的荳沙餅製成後，打上商家的標誌。

刀叉店中，切金槍魚的大刀到鋸牛扒的小刀，數百種之多。我選中了一把新科技製成的利刀，七彩花紋，美得不得了。店員看我喜歡，拔下頭髮往刀口上吹去，和武俠小説裏形容的一樣，頭髮斷掉。叉子則是燒烤用的大型者到叉水果的袖珍型，其中有一把是竹頭做的叉，原來是用來叉荳腐的。

漆器舖子中，無數的漆盤，大大小小。喝麵豉湯用的小碗上有個蓋子，有時打不開，皆因漆器遇熱會膨脹，吸收碗內空氣，用手指輕輕地壓着碗邊，那蓋子就波的一聲自動地跳開。但是漆器有一陣古怪的味道，我極厭惡，看了兩分鐘，掩鼻而逃。

隔壁的店裏傳出香噴噴的味道，都是些香精，供洗手間內用。西洋洗手盆種類較多，日本式的是用一塊大石塊鑿出來，上面有根竹管子，讓盆流水不斷地注入盆中，水溢出，永遠保持乾淨。門口用的男女牌子，最普通的是以抽象的形象畫出一個雙腿的男用，和一個穿裙子的女用。複雜一點，撲克牌上的皇帝和皇后，再來是用畢加索的哭泣的女人和狄嘉士的藍色小丑做代表。有些牌子畫着一個男的抱着一個女的，亦意味着這洗手間是男女共用。

咦，魚、蝦、蟹，賣些甚麼？這一家店最特別，都是餐廳櫥窗內的蠟製標本。數十種壽司齊全，包着的紫菜像會被風吹起。蠟做的雪糕、蛋糕，令人垂涎。整隻的蠟龍蝦，有的是墨綠色的生蝦，或是全紅色的煮熟，最妙的是他們仿製的烤鱲魚，皮上切開處有點燒焦痕跡，裏面的肉是雪白的，皮上沾着一些鹽，還有一些刮不乾淨的魚鱗呢。

最後是餐廳中的傢具舖子，由喫茶店中的舒服沙發到居酒屋用的小繩椅，還有酒吧的圓型小凳，你開甚麼店就買甚麼桌椅。

我終於看見幾個習慣用的茶杯，原有的已打爛到剩下一個，找遍東京百貨店也沒法子發現。它薄得透明，翻開杯底，寫着「光峰」兩個字，才賣二十幾塊港幣一個，即刻買了半打。

一條街，走下來，走馬看花，已花了四個多鐘頭。我去的那天剛好是星期日，大部份商店不開門呢。

即將去世的老友

依照我這個愛逛菜市場的習慣，數十年前我一到東京生活，就往築地跑，去得多了，對每個攤檔都很熟悉，要吃些甚麼，也知道哪一家最好。築地，是個老朋友。

而這個老朋友即將死去，只會活到二〇一六年十一月七日，剩下不到一年光陰，如果有機會去東京，一定去看看他，敍敍舊。

魚市從四百年前江戶時代建立日本橋的魚河岸開始，據説是一些漁民選最好的食材進貢給德川家康，選剩下來的，得到特別許可，就在日本橋一帶販賣，後來發生了一場關東大地震，就搬到築地來了。

市場分場內和場外兩個部份。一般遊客只在場外那幾條街閒逛，吃吃拉麵或啃幾塊壽司，買點食材當手信，就從來不到場內去。

其實場內才是另有天地，中央一個拍賣金槍魚的場所，被很多商店和餐廳包圍着，供應業內人士們的日常用品和飲食，我最喜歡的，是光顧那家「壽司大」。

東西當然最新鮮，食材從市場中隨手拈來，價錢當然最合理，來這裏的客人都知道海鮮的來價是多少，我和演藝圈的朋友來這裏吃早餐，他們不忿：「怎會讓一個外國人帶我們日本人來這裏吃東西？」

是的，當年認識築地的人不多，更沒有遊客，但市場還是擠滿了人，走到場內窄小的路上，一定要學會避開一種圓頭的車子，黃顏色的，司機站着駕駛，抓着圓盤形的軚盤。前輪可作三百六十度的旋轉，後面載着貨，橫衝直撞。顧客買了貨，僱請這種車子搬運到他們的大卡車或交通工具，其他地方看不到，非常之特別，你去了注意一下，它們在沒有交通管制之下保持秩序，這麼多年來，從沒有撞傷過人。

如果要看一條條像炮彈一樣的金槍魚拍賣，就得早起了，那個時間沒有地鐵，乘巴士也只有從新橋站坐專線巴士，載業內人士來的，普通人也能乘，不過巴士五點零二分開出，趕不到拍賣。五點之前已有人排隊，買每天只有兩場的票，一共也只有一百二十張，才可入內參觀。

一大堆人圍着幾百條魚舉手握拳叫喊，看了一會就厭了，還是看他們買下之後的劏魚技術有趣，各種解體大刀四五呎長，是致命的工具。

金槍魚的零售商有「國虎商店」，設於場外，一塊塊的魚生擺在眼前，便宜到昂貴，客人自選，總之比其他地方賣的價錢合理，地址：東京都中央區築地4-11-7，電話：+81-3-3542-9484。

日本人是不吃三文魚刺身的，如果你只會吃三文魚，那麼有一家是賣鹽漬過，叫「昭和食品」，這裏可以買到野生的三文魚，懂得吃的人會買一包包的「Harasu」，那是魚腩，日本人愛整齊，把魚肚最旁邊的那片切掉，其實它最肥，最美味，不用油煎起來香噴噴，又便宜又美味，地址：東京都中央區築地4-13-14，電話：+81-3-3542-1416。

其他魚類有全國五個鮮魚協會送來的「築地日本漁港市場」，甚麼魚都有，要即刻弄來吃的話，這裏也有食堂、休息室，地址：東京都中央區築地4-16-2千社額棟1F，電話：+81-3-3541-9444。

要買北海道的螃蟹或貝類，得去「齊藤水產」，鮑魚、龍蝦和生蠔等高級食材也齊全，並能買到不鹹的三文魚卵，地址：東京都中央區築地4-10-5小巷，電話：+81-3-3541-2314。

壽司海苔的專門店有「林屋海苔店」，任何種類的海苔都有，地址：東京都中央區築地 5-2-1，電話：+81-3-3541-0696。

至於昆布，則得光顧「吹田商店」，地址：東京都中央區築地 4-11-1，電話：+81-3-3541-6931。

要買木魚削出來的絲，就得去「秋山商店」，煮正宗的味噌湯，一定要用此物，怎麼做才最正宗？如果你有朋友會說日本話，店員們會很耐心地向你解釋味噌湯的做法。地址：東京都中央區築地 4-14-16，電話：+81-3-3541-2724。

如果要買劏生魚的刀，「杉木刃物」從一八三〇年開業至今，各種精美的利器都齊全，刀鈍了也可以替客人磨，地址：東京都中央區築地 4-10-2，電話：+81-3-3541-6980。

愛吃日本雞蛋「厚燒」的話，可到「玉八商店」，日本人的厚燒帶甜，外國人最初吃不慣，喜歡了就會不停地找來吃，地址：東京都中央區築地 6-27-2，電話：+81-3-3541-3691。

高級日本水果則可以在「定松」買到，地址：東京都中央區築地 4-7-4，電話：+81-3-3544-0810，比銀座的「千疋屋」要便宜許多。

總得坐下來吃點東西，最受歡迎的當然是「井上」，那個老闆不斷地把麵水摔乾，摔到右手比左手長出幾吋，地址：東京都中央區築地 4-9-16，電話：+81-3-3542-0620。

最另類的是煮牛雜，「狐狸屋」的店外一大鍋，香噴噴，不會錯過的，問題是那年長的老闆娘兇得要命，要吃可得容忍，年輕的老闆娘就很客氣地待客，地址：東京都中央區築地 4-9-12，電話：+81-3-3545-3902。

如果你是自己駕車去的話，可以停在附近的「本願寺」停車場，這間廟是專做法事的，地址：東京都中央區築地 3-15-1，電話：+81-3-3541-1131。

切記築地魚市星期天是休息的，莫落空。

再不去的話，二〇一六年十一月七日會搬到「豐川」，但也不算太遠。我一向住銀座的酒店，可以走路去築地，搬到新址後可得乘的士或地鐵，才能見到這位死去老友的子孫了。

在東京買房子住

「現在東京的房價那麼便宜，日圓的匯率又那麼低，你們會考慮去那裏買一間住住嗎？」幾個人在一起聊天，談到這個問題。

「如果有幾百億身家，在甚麼地方買房子住都行，但我不會在東京買。」我說：「第一，沒有那麼多剩餘的錢。第二，每次住上一頭半個月的話，我還是住酒店。」

「買房子也是一種投資呀，萬一房價漲呢？」有人說。

「萬一跌呢？」我反問：「拿這個錢，要住多好的套房都行。」

「談的是比方，比方你決定在東京長住，你會住哪一個區？」

我說：「我的話，會住月島區。」

「月島？在哪裏？」

「月島就在築地附近，離開銀座也不遠。」

「為甚麼選月島？」

「那裏還一直保留着六十年代的古風，有很多木造的建築，對我來說是一種懷舊，而且買菜也方便，走幾步路就是築地市場，那一帶又有很多很地道的日本菜餐廳。」

「是呀。」友人贊同：「天天吃日本菜，不如自己買回來煮，真是樂事。」

「不過到日本去玩玩可以，要我長住我是不會的，日本並不是一個很適合長住的地方，一切都要自己動手，年輕時還行，在我這個年紀就不適宜。」

「可以請家政助理呀。」友人太太從不會做家務，她想得也簡單。

「日本人從來不請傭人的，就算是公司大老闆，家裏的事也得親自動手。」我說：「像你甚麼都要靠人的，一定住不慣，不過話說回來，日本的灰塵沒香港那麼大，清潔起來倒不是難事。」

「那就買吧。」

「也不是那麼簡單，垃圾分類就很頭痛，甚麼可以燃燒的，不可以燃燒的，大件的，小件的，來收垃圾的日子都不同，而且費用高得很。」

「有多貴？」

「一間普通的家居，水費、電費、煤氣費，還有看電視也得收費，NHK會向你收費，加起來，一個月也總要十幾萬日圓。」

「哇！」

「交通費更貴，就算擠火車地鐵，也不便宜，別說搭的士了，一上車就得上百塊港幣，日本人很少搭計程車的，除非是過了凌晨十二點沒有公共交通工具。」

「但是我喜歡吃日本東西，在那裏買了房子，可以天天吃，那多好！」

「日本菜其實說起來是很單調的，魚生、天婦羅、鰻魚飯、鋤燒、鐵板燒、咖喱飯、拉麵等，吃來吃去就是那幾樣，也會吃厭的。」

「吃厭了去吃西餐呀，東京的西餐有很多米芝蓮星的，中華料理也不少呀。」

「對，都是貴得要命，而且很難訂到位，就算給你天天光顧，到某個程度也會厭。偶爾去住上一兩個星期，是可以的，一連住幾個月，你就會發覺受不了。」

「說的也是。」友人點頭。

「但是，東京除了吃，還有很多文化活動，如果我長住下來，可以仔細去看，我是不會厭的。」

「比方說呢？」

「比方一個上野公園，附近就有日本國立西洋美術館、東京都美術館、上野森美術館、國立科學博物館等等，花上幾天都走不完，國立西洋美術館的收藏很精，羅丹的古銅雕像群比甚麼地方都多。看完了上野，可以去根津公園，我最初到東京就是由我父親帶我去的，很少人知道，不但庭院漂亮，那裏的根津美術館裏有很多中國的字畫，非常難得，其他地區值得去的還有現代美術館，偏門的美術館有東京都寫真美術館、浮世繪太田博物館、文化服裝學院服飾博物館、印刷博物館、煙草與鹽博物館、目黑寄生蟲館等等，半年都走不完。」

「這些我沒有興趣，我只喜歡關於吃的。」

「那麼到台東區好了，那裏可以找到專門吃土鰍或馬肉的老店，都是上百年的，買一本叫《懷舊昭和飲食散步》的書，裏面資料詳盡，吃的東西和一般的不同，價錢也非常便宜，慢慢找，也可以花上幾個月。另外有一條叫河童街的，專門賣餐具，從餐刀到服務員的制服，菜單的種種設計到食物的蠟樣辦，無奇不有，仔細看，一點一點買，要開一家餐廳，甚麼都齊全。」

「東京那麼好玩，還是買一間來住吧。」

「只是吃和玩的話，我還是不贊成的，因為怎麼吃怎麼玩，都有生厭的一天，要在日本住下，必得認識日文，會講日語，懂得欣賞他們的文化，不然，一切枉然。你們買的房子，總有一天會賣掉，而且是虧本地賣掉，何必呢？租個短期合約的住家，住一兩個月試試看，還是想買的話，到時才決定吧。」我說。

溫泉鄉中的寶石：仙壽庵

和群馬縣結緣，要歸功於當地觀光局的高幹田谷昌也。

此君四十幾歲，五官端正，表情永遠是那麼羞澀，但做起事來不休不眠，親自駕車載我和助手荻野美智子探遍群馬的溫泉鄉，從被譽為最好的草津溫泉到深山中的四萬溫泉，最後還一路送到成田機場，一句怨言也沒有。

我們已前後去過群馬兩次，看過至少三四十間旅館，除了一家叫「旅籠」的古色古香，很有特色之外，沒有一間滿意的。

「去谷川旅館吧，這家大文豪太宰治住過，在那裏寫了《魏而連的妻子》一書。」最後，田谷似乎束手無策，知道我也賣文，惟有用日本作家來引誘我。

「是寫了《創生期》，不是《魏而連的妻子》。」我說：「當年太宰治患了肺癆，到過群馬縣的溫泉療養。」

「谷川旅館」在深山之中，是家百年牌子，還保持得非常乾淨，環境幽美得很，吃住也都不錯，但就少了那麼一點點，是甚麼我自己也說不出來，十分可惜。

老闆大野看了我的眼神，會意道：「這樣吧，你去我兒子開的那家，就在附近，包你有意外的驚喜。」

甚麼沒看過？意外的驚喜這句話說起來容易，要給我這種感覺的究竟不易，問他：「有多少間房？」

「十八。」他回答。

十八間最多只能住三十六個人，我們的旅行團通常四十位，少幾個也無所謂。再問：「多少個池子。」

「一個。」對方回答。好的溫泉旅館多數有兩三個溫泉可以選擇，但去了再說吧。

彎彎曲曲的山路，愈走愈幽靜，忽然前面開朗起來，一塊平地，遙望着山頂還積雪的谷川岳，是一座精美的旅館，門口掛着「仙壽庵」那塊招牌。

日本人的大堂叫玄關，這裏的一個玄關又有一個玄關，走了進去發現並不完全是傳統的日式，而帶有西方的抽象建築，但很調和，並無一般新派酒店那麼硬綳綳的感覺。一條長廊用巨大的玻璃包着，盡量利用日光，亦能在冬天保暖。

經過的大浴室，一點也不大，中型罷了，不過很舒暢，同樣盡量利用陽光。進入室中，看到那私人溫泉，只比公眾的小一點，後來才知不用去浸公眾的。

「幾間房設有這種私家池子？」問笑盈盈的侍女。

「每間都有。」她回答。

通常擁有私家池子的，都是煮水，假溫泉居多，這裏的呢？侍女說：「地下有大量泉水，每一間都是溫泉。」

放下行李，侍女出去後我仔細看房間的一點一滴，櫃中放了兩套浴衣，一件傳統的，一件像工作服，有外衣和褲子，看質地和手工，知道不是大量生產，用手縫的。

枕頭有多種選擇，棉被亦是。窗口圓月形，框住雪山當畫。另一間房為茶室，角落有鐵瓶煮水，壁上擺滿名人做的瓷碗，讓客人享受日本茶道。

偏廳有兩張沙發，手把上放着柔軟的被單，覺得有點冷時可以遮蓋膝頭。旁邊的櫃台上有一個望遠鏡，可以細看雪山。

並擺的雜誌中，有很多篇介紹這家旅館的資料。桌上有一套玻璃茶具供客飲用紅茶，一邊的櫃上有滾水壺，設有另一套日本茶具。

房內有漂亮的小燈籠，令晚上全室關燈時有一點光線，旁邊是一個噴霧器，以防太過乾燥，另有一個小碟，早上起身，可插上旅館供應的一炷香。

房內的每一個櫃子和抽屜都擺着一些小東西，如信紙、針線、保險箱之類，不像其他旅館一打開來裏面空溜溜。

連半夜起身，肚子想有點溫暖的食物也想到，除了飯糰之外，櫃上有一個電爐和一個蒸籠，可以把消夜弄熱了再吃。當然也設有朱古力、糖果和餅乾之類的西洋小吃。

最厲害的是私人浴室了，一共有兩個，冬天怕冷可在室內的大檜木木桶中浸溫泉，不然就走出露天去泡另一個溫泉。咦，一看那池子，怎麼沒流水處？日本溫泉一定要讓水溢出，才不會積污，仔細一看，原來排水槽暗藏在池邊，讓湧下的泉水瀉出。

晚餐食物應有盡有，多得吃不完是理所當然，但重要的是做得精緻，引誘你一道一道吃下去。

食材利用的是山中的溪魚和野菜，另有從市場進貨的海鮮和肉類，早飯同樣豐富。飯後到廣大的花園散步，欣賞桃花。負離子數字，高得令人不能置信，打坐最佳。長居此地活多幾年，故名仙壽。

店主姓久保，跟母親姓，爸爸是入贅的吧？年紀輕輕，三十多歲，問他為甚麼開這麼一間旅館，回答道：「和上一輩的不同，才有意思。既然家裏有錢，要做，就做一間最好的。最好的和最便宜的，都有固定的客人，不必擔心投資賺不回來。」

房租當然昂貴，但入住日本最好的，已不會問價錢。我們的團友，臨走時都帶着笑容，向我說：「真是溫泉旅館中的一顆珠寶。」

從東京出發，有兩個走法：一、乘車慢慢走，中間停休息站，要三個半鐘左右；二、乘新幹線，一個半小時抵達「上毛高原」站，再坐三十分鐘車子抵達。

地址：群馬市音郡水上町谷川 614 號 379-1619

電話：+81-0278-20-4141

網址：http://www.senjyuan.jp

祇園濱作

好久未到過京都，一直想去買些東西，我的購物目的鮮明，首先要到的是「手杖屋「Tsueya」，它擁有十萬支讓我選擇。跟着便是去了「大松 Daimatsu」買布料，日本有些織得非常精美的，買來做長衫一流。景氣好的時候貴得令人咋舌，當今大家都喊窮，又沒有多少人會欣賞，就拚命減價，要賣到二百五十萬円一件的，只要一百萬円就能買到，真是購物好時節。

除了買東西，當然得選擇好餐廳，但剛好碰上敬老節日的連續三天假期，一早給人訂滿，前些日子看到黎智英介紹的幾家都沒去過，就請他問問看，果然給他老人家面子，訂到「中村」。

試過之後覺得還可以，懷石料理固佳，但很難做得精彩，而不做得精彩，才是懷石的境界。如何能欣賞甚麼叫做好的，只有不停地吃，不斷地比較，才能了解，拜賜年輕時做日本電影的買手，五大公司的老闆和高層都喜歡我這小伙子，輪流請我到所有著名的「料亭」去，才粗略地懂得一二。

「中村」一般，但黎智英推薦的「濱作 Hamamatsu」，是一大驚喜，不過「濱作」的主人森川裕之說：「我們從來不做甚麼驚喜給客人吃，做來做去都是那幾樣，要把這幾樣做得好，已經不容易。」

「那麼有些客人都會覺得你的菜是創新的，與眾不同的，那又是一個甚麼說法？」

「雖說那麼幾樣，春夏秋冬的變化已無窮盡，各種食材都有傳統的做法，他們還沒有吃遍而已。」

「那意思是你從不創新？」

「是的，不創新，也不喜歡創新。」

「買食材呢？去甚麼市場？」

「從來不去市場。」

「甚麼？」

「都是由供應商交給我們的。肉販和農民已和我們有幾十年的交情，不會拿次等貨來。」

森川裕之把一小盤刺身放在我面前，是鯛魚，吃了一口，知道是用昆布兩面包起來醃漬過，味道即刻錯綜複雜起來。

酒已溫好，我要的是Nurukan，較室溫熱一點，但不燙喉的，酒杯一盤十幾個讓我選擇，我拿了一個大的，一接，有點刮手，用金絲補得天衣無縫，有個「金繕」的專門用語，問道：「修理？」

森川笑了，點頭：「修理。」

店裏的杯盤都是名人之作，已有年份，破了不丟，叫匠人用金塊修補得天衣無縫。

和一般二三百年的老店比較，「濱作」只開了九十多年，在食物上並不創新，創新的是服務，這種傳統的「割烹」料亭方式，是不給人看到菜是怎樣做的，但由他的祖父開始，在客人面前料理，後人一一模仿。

櫃枱的那塊桌面，是用了三百年的檜木製成，後面有個長方形的窗，望出花園，景深甚長，視覺享受照顧到家。

樑上掛着「美味延年」的四個字，是諾貝爾文學獎得主川端康成寫的，他對此店情有獨鍾，留下不少墨寶，另一幅是「古都之味，日本之味，濱作」。

另一位文學泰斗谷崎潤一郎也寫了很多書法相贈，他是被松竹電影公司的老闆城戶四郎帶來的，從此成為常客，電影人來的也多，像導演溝口健二、吉村公三郎，演員田中絹代、山田五十鈴和京町子。

外國的卓別林、摩納哥皇妃格麗絲凱麗也都來過，大家喜歡吃的菜都有記載，你如果想試他們吃過的，事前叫好了，濱作的菜一成不變，可以吃到和他們嘗的一模一樣。

川端康成喜歡的是雞蛋的出汁卷，別以為簡單，規格嚴謹，一定要選L寸的雞蛋五個，打至蛋白和蛋黃融和，再用昆布和木魚煮出來的湯，日人叫為「出汁」的慢慢燒成，過程極為複雜，用文字解釋需長篇大論。

到底要怎麼做呢？森川對傳統的日本料理全無保留地教人，在他的《和會教科書》中寫得清楚，很值得翻譯成中文。每一個月一次，又當面傳授，你有興趣去學的話，最好帶個翻譯，免得干擾其他學生。學會一道「出汁」的做法，已受用無窮，下次組織一個旅行團專程去學吧。

教室就在餐廳的二樓，客人吃完飯必被請到二樓吃甜品，這裏有名畫、陶器、古典音樂唱片，再掛滿名人簽名，像英國查理士王子、歌舞伎巨匠市川太衞門、阪東妻三郎、畫家福田平八郎、陶藝家 Bernard Howell Leach 等的真跡。

「濱作」傳到森川裕之手上，才第三代，他本人五十多歲，略胖，戴黑框眼鏡，永遠穿着有條紋的恤衫，結着領花，外面再添一件白色短袖的料理人工作服。

這次有幸認識他，全是託黎智英的福，本來我在京都的那幾個小時之中其實不開中午的，特地為我和友人兩人做飯，東西好吃嗎？好吃到極點，怎麼解釋給大家聽呢？不能，吃過了多家日本的傳統菜，比較一下，就知道。

站在櫃枱後的森川，極有權威，飯後，他和他在店裏服務了五十多年的母親一齊親自出來送客，站在他母親旁邊，像個小孩。

泛舟保津川

三年前在京都舉行亞洲影展，記得和香港、韓國及日本的一大堆女明星一齊乘着小艇，由保津川上游龜岡直落嵐山。急流有彎無險，水花濺得那群女子的化妝剝落，大眾大笑三聲，一樂也。當今是紅葉季節，再來京都，泛舟重溫故夢。

去保津川有幾條路線，從東京搭子彈火車，二個半小時抵達京都，坐巴士的話則需五十分鐘才能去到上游，的士則只要二十五分鐘。看得最多風景的是開篷火車，又便宜又舒服。翻山越嶺，乘客們都向乘船的遊客招手，等到你自己坐上船，又向火車裏的人揮手。

當年的木船，換成玻璃纖維製造。半透明的物質，可見船底岩石，但已少了一點古風。船的形狀大小還是一樣，每艘可乘三十人左右。要豪華，可把整艘包下。

全程需時一個半鐘。船隻全年運行，春天賞櫻，夏日杜鵑啼放，冬天看雪景，但還是秋天的紅葉最為迷人。

船由三人操縱，前面由一位年輕人負責，舉着長竹插入河底推之，從船頭走到船中央，再折回，動作重複又重複，頗為吃力。最辛苦的是船中間的老年人，滿臉歲月皺紋，不停地搖櫓。櫓與船緣磨擦。發出咴咴哎哎的聲音，擦得快要冒煙時，舀水潑之。又把手浸濕，原來也因磨擦發熱燙手。這位長者莊嚴的面孔，以為他是三個人之中權力最高。轉頭一看，船尾掌舵的另一位老人家，站着一動也不動，更是威風。

千年來都是用這種交通工具。插竿的小子看到河流中的岩石迎面而來，舉竹竿推開以免碰撞。岩石表面已有凹入洞孔，是長年累積下的痕跡。

出發時下着微雨，搖櫓的長者將壞天氣變成自己的責任，向我們道歉：「收您老那麼貴的船費，但還是沒讓您老得到陽光。」

「雨天也有雨天的樂趣。」我說。

長者點頭贊成。咳了兩聲，身體雖強壯，顯然支氣管作祟，是吸煙的惡果。

拿出香煙來孝敬他，近年來各處已禁煙，順帶問他：「船上能抽煙嗎？」

「這麼新鮮的空氣，抽起煙來，味道特別好。」長者點頭，一試，長者的話果然沒有說錯。

來到急流處，長者收櫓，可以休息幾秒鐘。船直衝而下，水花四濺，少女們尖叫，說比乘過山車刺激。

長者面向我們，背着前面搖櫓，收放自如。少女們看得好奇，長者笑着說：「划了幾十年，眼睛放在腦後。」

又一次更大的急流，船在岩石中間嘎一聲穿過，左右距離不到一公分，船底砰砰碰碰地撞到石頭，更是驚險。少女們又尖叫起來。

河流清澈見底，看見水中的魚群，長腳的鷺鷥企立，完全沒有動作，像隻假鳥。忽然間把頭插入河中，抬起來時喙上已有一尾大魚。

半個鐘已過，是交替的時間，年輕人換去掌舵，可以休息了，由船尾的老人來插竿，搖櫓的長者繼續划船，最為辛苦。「你貴庚？」我問道。

「六十五了。」

「還有年齡比您更大的船夫嗎？」

「政府規定七十五歲就要退休，我還可以划多十年。」他回答。見少女們的目光像是在說：還要捱多十年！長者笑道：「還能有力氣，是福。」

「收入是不是你們三人分？」我又問。

長者搖頭：「所有船夫合夥。」

心算一下，每人收三千九百円，三十人走一趟就合港幣九千塊，真是不錯。長者說：「現在好了，從前那幾十年划得半死，也不過夠吃三餐。」

一棵棵的楓樹出現在眼前，美得如詩如畫。

太陽出來，反射在紅葉水滴上面，顏色更顯層次。日本楓葉幼細，沒有加拿大的巨大，密密麻麻地一葉積一葉，一枝覆一枝，一類又疊一類，染紅了山。

長者向我說：「您要能欣賞雨景，這是天公帶來的報答。請轉過臉去看看。」

哇，連綿不絕的群山，都是紅色，兩岸似乎聽到猿啼，看得令人如癡如醉。

這時有數艘餐廳小艇前來，像從前銅鑼灣避風塘一樣，用個鐵鉤掛住我們的船，開始賣東西。少女們見到烤魷魚狂喜，爭着手撕來大嚼，青春氣息逼人，可惜少了青樓名妓的嬌嬈。

要了燙熱的清酒數瓶，猛灌之下，即使到岸，也像永遠乘着輕舟。

輪到長者去掌舵，一臉的風霜，但一直保持着笑容，這時才知道他是真正的老大。「每天划船，同樣的工作，一做幾十年，不單調嗎？」我問。

老者搖搖頭：「不單調，每天遇到的客人，都不同的面孔，談幾句，多有趣！任何單調，都沒有天天對着同一個黃臉婆單調，您老說是不是？」

美秀美術館

從名古屋出發，約兩小時的車程，來到信樂。這是一個以燒陶出名的村莊。一路上看到的，盡是擺在外的陶藝品，那麼多愛好相同的人，聚在一起。

最多的是狸貓，大大小小的陶器狸貓，造型可愛，戴有頂草帽，提酒瓶。最顯眼的肚子凸了出來，兩粒睾丸，也特別大。日本人喜歡買來陳設在家中或店裏，說能帶來福氣，信不信由你。

也有根源，頭頂的草帽，代表了風調雨順。狸貓愛偷酒來喝，有酒當然幸福。喝出個大肚皮來，更是富裕的象徵。睾丸日語為「金玉 Kintama」，更有招財的意思。

雖然多數是通俗之物，但整個鄉那麼多人製造陶器，慢慢找的話，一定可以發現一些較有藝術性的作品。周圍的環境優美，也薰陶出村民的藝術細胞來，住在這裏的人，多數善良和熱情的。

車子再往前走，深山幽谷中開滿櫻花，剛下過的雨，化為熱氣，在群山之中變成一片迷漫的煙霧。山沒有中國的峻峭，但是另有一種嬌柔，美不勝收。

就在這種靈氣之中，我們抵達了「美秀美術館 Miho Museum」，由一個宗教團體的主人小山美秀子創立，請了貝聿銘來設計。

下車之後有個迎客站，設有餐廳和小賣部。天下着雨，門口放着大量雨傘供給客人用，我們打着傘，慢慢散步前去。不愛走路的話，有電動車接送。一路兩邊櫻花怒放，美景令人不禁感嘆。走到一座山，進入隧道，隧道由不銹鋼圍着壁，着眼處點着燈，並非筆直，彎曲之中更能看到深度，是前所未見的現代化建築。

一走出，是一條一百二十米長的吊橋，俯望深山中的花木，美術館就在我們的眼前。

這就是貝聿銘向館主人建議的概念，出自《桃花源記》。日本知識分子對漢學都有認識，和貝聿銘兩人語言上並不能溝通，但大家寫漢字時心靈一致，都贊同以柳暗花明又一村的想法，去實現這個美術館。

在《桃花源記》的故事中，一個漁夫的船隨着溪谷而行，迷失了方向，走入了一個山洞，當他在漆黑中摸索時，忽然眼前出現了一個世外桃源。

在這裏看到的，櫻花代表了桃花，貝聿銘說：「通過隧道，抱着終可會到達的心境，一座美術館出現在眼前，就是這樣的一個理念。」

這種建築方式，在印度的泰姬陵也能找到，群眾要經過一個又黑又暗的大殿，走了出來，白色的泰姬陵像發出隆的一聲，深深印在你的腦海裏。

當年主人提出的難題，是美術館不能比山巒更高，貝聿銘聰明地向地底挖去將整個美術館埋在地裏，做到了與四周環境融洽調和，雖然依照了日本傳統建築物的外形，但用嶄新的鋁質代替了木頭的框架，用玻璃的天幕改造泥木的牆壁，貝聿銘說：「不能忘記日本建築的原則，更要向其學習，因此外貌是日本式的，但構造則是現代科技的結晶。」

貝聿銘作品乍看之下，很難讓傳統接受，但一經時日，便知道他的獨特，像香港的中國銀行，起初被評為一根三角銼，插入香港的心臟。這都是短見，當今看來，相比之下，較其他大廈優美得多。

幾何型的建築，有許多尖銳的棱角，新加坡的那兩座相連又分開的大廈，大概是出自蘇東坡的「橫看成嶺側成峰」吧？還是當今我認為所有建築物中最突出的。至於眾人都批評，說為甚麼在羅浮宮中要建一個金字塔，這都是法國人對埃及的迷戀，先給它下的規格。

要建現代金字塔的話，為甚麼不一建上下兩個，一個在地面，一個在地下，而且是玻璃的呢？

美術館分南館和北館，我們去的時候，南館展示中國山東省的佛像，這可以到山東去看，先參觀北館，藏着主人小山美秀子畢生收集來的古日本美術品，都是小件的東西，主題為「小，就是美。」

主要收藏有八世紀奈良時代的《紫紙金字光明最勝王經》、四世紀初期的《彌生式土器，丸壺》、十二世紀平安時代的《焔摩天像》，都保存得很完美，尤其是十三世紀鐮倉時代的《地藏菩薩立像》，更是精緻，佛袍的皺疊和袖口的飄逸，雕塑得自然，布料上繡的金線花紋更一針一線表現出來，最值得欣賞。中國南宋的《曜變天月茶碗》是主人小山至愛。一向排外的日本人，為甚麼會接受其他國家的文化，又請了一個中國人來設計美術館？

看完美秀美術館，就知道了答案。

凡是博學深淵的人，都能吸收世界上美好的東西，主人小山美秀子，自幼得到良好影響，認為人類有培養美之觀念的必要，因為美的環境將會令人的心變美，犯罪以及其他不好的事件也會減少。

如果每一個日本人都能像她一樣，世界更會美好。

她的老師更教導她：「人類必須超越國家或民族之界限，而成為世界人。」

這句話我完全贊同，也把自己當為世界人。

有關美秀美術館的資料，若感興趣，可上網查閱，或者在YouTube，可以看到國家地理雜誌所拍的貝聿銘建築這家美術館的紀錄片，美術館一年開放無間，歡迎大家參觀。

地址：滋賀縣甲賀市滋賀本町千代元三300

電話：+81-0748-82-3411

網站：http://www.miho.or.jp

平翠軒

我們常去吃桃的岡山縣中，有一個叫倉敷的地方，街道和建築古色古香，極有品味。

兩旁的商店，開着賣紀念品的，也有一家專賣貓東西，從枕頭到煙灰盅，皆有貓的設計，你能想到的，在店裏都可以買到。

經過「大原美術館」，走進去一看，所藏的法國印象派作品甚多，可見得這個鄉下的人，是很有文化，而且一早就引入西洋的。

其中一間半西式的建築，黃色牆，招牌上寫着「平翠軒」，是我這次到訪的目的。

一次友人送我一個小木盒子，貼紙上「黑七味」，撒了才知其芳香，問他在哪裏買的？原來就是岡山倉敷的「平翠軒」購入，從此對這個店名印象極深。

「其實是京都祇園的原了郭本家做的，但是只賣給平翠軒的老闆森田昭一郎。」友人解釋。

森田家族是釀酒的，有自己的酒莊。昭一郎也並沒有全力推銷他們的酒，反而全副精神，把日本和各國的最高級食品集中在店裏。

經過狹小的門口，就看到一間有二十九坪（每坪為三十六平方呎）的商店，裏面的商品一看雜亂無章，但仔細觀察，卻是很有次序的：茶、罐頭、牛奶製品、蛋糕、意大利食材，肉類加工品和新鮮食物並排，都是在高級超市也難找到，非常刁鑽的商品，全部由昭一郎一人從各地精選來賣。

有的由大廚炮製，像岡山有一家叫「濱作」的料亭，各種菜都做得出色，但最精彩的是他們的紅燒牛舌，用真空包裝。我買回來一試，果然有道理，是我吃過的最佳牛舌之一，一袋兩人份量的賣一千三百六十五円，也不算太貴。

有的是家庭主婦做的，像神奈川的「唐辛子」，是日本最辣的醬辣椒，帶甜，很下飯，也可以送酒，是住在茅之崎的加藤庶子，由祖母那裏學到的秘方。的確是辣得要命，用來包飯糰，比甚麼三文魚或酸梅好吃得多。

大家都知道，日本有三大珍味，那就是黑烏魚子、醃製的海膽和撥子了。

本來撥子只在能登地方生產，但店裏揀取的是岡山備前地方做的，叫為「口子Kuchiko」，把海參卵巢一條條取出，重疊在一起曬乾，顏色比撥子更鮮美，經微火一烤，用來送酒，好吃得不得了，不試過不知。

烏魚子一般用海烏魚的卵曬成，店裏賣的用「鰆魚Sawara」的卵，美食家們都認為鰆魚魚子比烏魚的好吃，是「平翠軒」請漁夫們專門做出來賣的，叫為「海寶」。價錢也合理，一百克賣一千八百九十円，近二百港幣。

備前的陶藝家魚谷清兵衛也是名廚，他用最高級的雲丹，撒上少許的鹽，醃製一年，把海膽味道提升到另一層次。一瓶三十五克，要賣四千円了。

「平翠軒」特製的另一種下酒物，叫「Beka No Sakabidashi」，用充滿了春的小魷魚生漬：清酒泡魷魚，扔掉酒，再倒新的酒進去，一共五次，讓小魷魚吸滿了酒再裝入瓶，吃了會上癮。

至於鮮蠔的漬製，一般都死鹹，只有廣島Kanaha生產的最美味，取大生蠔加鹽，在三年間慢慢地發酵，最後等內臟和蠔肉溶化在一起，用清酒來沖洗才入罐的，令蠔的味道變化又變化，是另一種味道和口感。

也許你吃過白蘭地做的蛋糕，但用日本清酒做的呢？「平翠軒」用自己釀的吟釀酒，做出一種叫「萬年雪」的，又醇又香，四百五十克，賣一千五百七十五円。但因不含防腐劑，賞味期限只有二十天。

並非每樣東西都是日本製造，像朱古力，日本人的技巧比不上外國人，就選了意大利 Domori 廠製造的 Blend，老闆本人認為最好。

至於葡萄乾，不選法國，意外地挑了美國產的「貴腐」，那是做甜酒的主要原料，葡萄在枝上成熟後，表皮開始有霉菌侵入，成為獨特的味道，而且這種菌是日本沒有的，岡山也用同樣方法製造，但不成功。平翠軒的老闆將法國的葡萄乾和美國的比較後，選上後者。

店內一切商品，並沒有經過中間人入貨，都是森田昭一郎直接找到生產商，用現金買的。昭一郎那麼恨他們，是因為中間人並不欣賞貨物，有錢賺就進貨，絕不值得尊敬。

但是那麼一來，商品一過期，還賣不出去怎麼辦？

「只有拿回家和老婆一齊吃了，反正都是我們喜歡的東西。」昭一郎笑道。

「你花了那麼多精力尋找，有沒有人來抄？」

昭一郎又笑：「常有高級超市和百貨公司食品部的人走進店裏，一樣樣地拍下照片來。」

「不擔心嗎？」

「不擔心，那些製造商都和我一樣，全是很有個性的，別人要買，他們會叫人到我這裏來。」

地址：日本岡山縣倉敷市本町八之八

電話： +81-086-427-1147

網址： http:// www.heisuiken.co.jp

八景

十幾年前，在京都做《料理的鐵人》評判時，接到一個女士的電話，說是節目製作人介紹的，邀請我去一個野外的露天溫泉。

日本男女混浴的地方已經不多，這一聽興趣來了。第二天她親自駕車來酒店接我，一見，矮矮小小，長得漂亮，想起我們的演員朱茵，從此我就一直以朱茵來叫她，本名反而忘記了。

地點在岡山，離大阪或京都要三個小時左右的車程。深山裏，這個叫湯原的小鎮，真有溫泉鄉的味道，小街兩旁都充滿了旅館，還有一家叫「油屋」的，漫畫電影《千與千尋》就是以它為假設。經過小川流，就開揚了，山上有一家很別致的旅館，名「八景」，而朱茵就是這裏的女大將，一般女大將是聘請來的，朱茵是名副其實的老闆。

走過一條吊橋，川流旁邊有三個水堀，另有一間更衣茅廬，看見了兩三對男女，赤裸裸，浸在水堀之中，一點也不介意路人的眼光，我看了即刻喜歡。

「八景」的標誌是一個圓月和一隻兔子，朱茵屬兔，以這個主題建立，室內也充滿了兔子的飾物，很舒適的大廳，擺着鋼琴，每晚也請了當地的一位女士在這裏演奏。

從大堂的樓梯走下，有數幅漫畫式的繪畫，圖中描繪着男女老幼一齊出浴的情景，摸一摸泉質，竟然又柔又滑，不禁哇的一聲驚嘆。

房間是榻榻米式的，寬敞得很，但沒有私家風呂，這不要緊，可往外去浸。東西好不好吃呢？一切都是山中的野菜、山豬等，加上活烤鮑魚，吃得又飽又美味。最厲害的是大廚捧出一大鍋湯，另一個大木桶，湯煮的是最好的味噌，而木桶中放滿了活生生的鮎魚 Ayu，用手抓了一尾，放近鼻子，竟然一點魚腥都沒有，聞到的是一陣青瓜味，這種魚只能活在最清澈乾淨的水中，一污染即死。

大廚叫正原聖也，把一尾尾的活魚放入味噌湯中煮，我問怎麼知道熟了沒有，他回答看見魚眼發白，就熟了。吃進口，那味道，是我畢生吃過之中最鮮甜的，怪不得正原聖也能以這一道那麼簡單的菜打勝了鐵人，也因此朱茵得以與我聯絡。

吃過飯，我穿着用「小千谷縮」這種料子做的浴衣，散步到對面的溪邊，脱光了跳下浸，望着月亮，微風吹來聽着蟬鳴，正像是古代小説中形繪的情景。泉水旁邊，豎立了一塊木牌，寫着這裏的水質是日本關西露天溫泉的「橫綱」，為相撲界用語，冠軍的意思。

從此我組織了旅行團，一年復一年到訪，參加過的朋友無一不讚好。地處的岡山，又是盛產全日本最大最甜美的水蜜桃之地，百食不厭。每年到了八月桃子最成熟的時期，我們就去，見到了朱茵，她的第一句話總是 Okairi-mase，歡迎你回家的意思。

有一回農曆新年去，遍地白雪，又是不同情景。

長年下來，我們的旅行團要求愈來愈高，去的旅館一間比一間更好，從沒有浴室的，到每一間房都要有私人溫泉風呂。漸漸地，我們遺忘了「八景」。

今年又重遊故地，都是應團友的要求。

「沒有私人溫泉也不要緊？」我問。

大家都點頭。

我打了電話給朱茵，她高興得不得了，問説還有沒有鮎魚煮味噌湯，她説大廚一樣，所有的都一樣。

但是不同的，朱茵把所賺的錢都花在裝修上面，在頂樓又增加了一個露天風呂，也有可以租賃的家庭溫泉，讓害臊的客人作鴛鴦浴。一點一滴，都隨着每次到來變化，房間也全部重新裝修，加了一間特別室，有三十疊大，每疊是三乘六呎。裏面是榻榻米臥室和西洋床鋪，打開玻璃窗，有私人半露天浴缸，注入一百巴仙的溫泉水，另一間二十疊的也有半露天溫泉的設備。

最大的不同是，一走進大門，就看到玄關外鋪着一張報紙，用兩根木棍壓着，原來每年都有燕子歸巢，朱茵在下面做了這個燕子洗手間。説也奇怪，燕子都乖乖地排洩，從不污染報紙以外的地方。

這次我們一共住了兩晚，朱茵為了在食物上求變化，在大廳架上竹架，讓清水流過，竹筒子裝了素麵，讓我們一口口清涼的進食，當成前菜。

當今的日本人都是省吃儉用，需要外來客。為了報答她，我和朱茵達成協議，讓我的好友們也很方便地拜訪，還硬硬要她打一個十巴仙的折扣給我介紹來的人。

用網上的服務，我們會把它當成一件商品，在淘寶的「蔡瀾的花花世界」上出售，只要點擊就可以找到。

如果想看「八景」的環境和設施，可以瀏覽網址：http://www.hakkei-yuba-ra.jp/chinese_t/index.html，朱茵細心地做了一個中文版的介紹。

至於怎麼去，據稱國泰很快就有直航岡山機場的飛機，或者各位可以從大阪進入，再坐火車抵達，如果事先預約，朱茵會派車子到車站接大家。

祝各位有一個愉快的旅程，不會失望的。

另外，若有興趣嘗嘗岡山水蜜桃，有自摘園地，資料是：「西山農園」。

地址：岡山縣赤磐市仁堀東 1077

電話：+81-86-958-2553

網址：http://nishiyamafarm.com

九州之旅

多年前，我在日本岡山吃過水蜜桃之後，就深深地中了毒，上了癮。其他地方的桃子，試了又試，都找不到比它更好的，就算夠甜，也不能像岡山白桃一樣，用雙手左右一擰，大量蜜汁噴出，這才叫水蜜桃。

今年又去了，雨量不多，桃更甜，吃過的團友，沒有一個不讚好。

又住回「湯原八景」旅館，這家沒有室內溫泉浴室，要浸可得到地庫的大浴池，或平台的露天風呂，最有特色還是步行到旅館前面那條溪流，三窟溫泉湧出，浸時往自己身體一摸，滑滑滑滑，一連四個滑字，才知它是日本露天溫泉之首。

最主要的還是先去探望我喜歡的女大將，這女人有相當的歲數，但怎麼看都不老。

大廚是打敗過鐵人的師傅，他用一個雙人合抱的大鐵鍋，放水加麵醬，滾後把一尾尾活的鮎魚放進去煮熟，就此而已，那麼簡單的料理，那麼美味！

肉方面，當然到神戶我的好友蕨野的「飛苑」吃三田牛，兩頓，第一餐是他太太處理，將肉切條，放在備長炭上自己燒，另一頓在蕨野的私房菜，我說在「麤皮」吃過三田牛的 Blue，你弄幾塊給我試試，看有甚麼不同？結果拿出來的，不遜「麤皮」，價錢更是便宜得多。

五天行程很快過去，大家回去時，我得和助手荻野美智子又上路視察，九州已經有好久未去了，各團友都想念大分縣臼杵郡的河豚，只有那邊還可以生吞最劇毒的河豚肝，沒有危險。

九州要怎麼去呢？從香港當然有直飛福岡的港龍，可惜商務位不夠！還是從大阪轉機為妙，至少前後二晚，又可以再在神戶大啖蕨野的三田牛了，這次吩咐他第一餐改韓式的燒烤，加 Bibimpa 野菜辣椒膏拌飯，加一貫的三田牛肉雜菜湯一大碗，後一餐吃他的私人會所高級料理。

這次準備的是新年團，一定得不惜工本，入住九州最好由布院「龜之井別莊」，連住兩晚，旅館大餐的變化也得先嘗試有甚麼不同的。

天氣一冷，沒有水果，日本果農一律種植夏天的草莓，果園設備也應該去看看。還有甚麼吃的？「稚家榮」的海鮮不錯，他們用和牛做的包子，吃過的人都念念不忘，我們再去試試看有沒有走味。

九州的手信，有著名的明太子，煮一碗香噴噴的日本米飯，送鹹中帶甜的醃魚子，很不錯。他們的冬菇，也堪稱是日本最好的。

又到福岡的「一蘭」本店去吃拉麵，他們的手信有三種乾麵，釜醬豚骨，淋醬的乾撈和夏天的冷麵，只要把麵條煮個兩三分鐘，即可食用，最新產品有用昆布包着的明太子，試過覺得十分美味。

這次九州觀光局隆重其事，叫了大分縣、熊本縣和長崎縣三個地方的專員來開會，希望我能去為他們拍一個旅遊節目，把所有詳細資料集中讓我參考，可惜行程太緊，有些值得去的都到不了。

大分縣的觀光局要員陪我們四處走，參觀了醬酒廠「原次郎左衛門」，他們出的魚露是用高級的鮎魚來做的，又有用鵝肝和雞心做的醬油。另一種很濃的柚子醋裝進尖嘴的塑膠筒中，可讓廚師在碟上畫畫。

我們又去了一間地獄蒸，讓客人自選食材，放在自然的溫泉熱氣上蒸熟來吃。如果在店裏看不見喜歡的，也可到別的食材店買，再拿去店裏蒸，也有趣。

幾個縣都在九州，但是車程還是十分遙遠的，我們組織的行程是在大阪住了一晚之後，第二天十點乘新幹線，中午抵達福岡，先到「稚家榮」去吃一頓豐富的海鮮以及和牛大包，再乘車往果園去。

自摘最甜的草莓，日本人將草莓箱吊高，伸手就能採到，處理得乾淨不沾泥土，一摘就能吃，不必彎腰，不覺辛苦。入園時各給一個塑膠盒裝草莓，另有一格裝着煉奶，草莓已經很甜，要更甜的話可以沾煉奶。

到了旅館，浸一浸溫泉，就可以吃大餐了。翌日早餐也在旅館，吃後在旅館附近散步，各精品店的品味甚高，也有各種風味的軟雪糕，吃個不停。

中午乘車，從由布院到臼杵去，那家「喜樂庵」的女大將都十分端莊，家族生意已做了一百多年。庭院不變，風雅得很，在那裏吃一頓最豐富的河豚餐，當然全是野生的，試過了那種甜味，今後養殖的河豚再也難於入口。

農曆新年時節，天氣最冷，河豚最肥，還有那白子，吃刺身也行，用火灼一灼，更是畢生難忘的美食。

回程心急，再到大阪去瘋狂購物，只有從大分縣乘飛機直飛大阪的國內機場，三十分鐘車程就到市中心，剛趕上午飯。飛機不大，行李不便同載，另僱一輛貨車直送。但是國內機要齊乘客名單才能安排座位，所以這次請大家早點報名。

在神戶吃三田牛私房菜，返港那天去黑門市場買食材打包返港，臨上飛機再來一頓螃蟹大餐，這個農曆新年，怎麼也要過一個豪華的愉快的。

龜之井別莊

農曆新年的旅行團，吃住當然得不惜工本，找最好的，不然對不起團友，也對不起自己。

日本最好的溫泉區之一是九州的湯布院，問日本人，他們也會豎起拇指；而湯布院之中最好的，當然是「龜之井別莊」，多年前住過，印象猶深，如果再入住，水準有沒有降低，得再去探路。

眾人在岡山吃完桃子之後返港，助手荻野美智子和我從大阪的國內機場伊丹出發，直飛大分縣，這是去「龜之井」最近的途徑。

九州觀光協會隆重其事，派了兩位要員前來迎接，叫河野紗彌和礒崎香織，名字甚有古風，但年紀輕輕，卻對九州甚麼都知道，我一發問即有詳細的答案。

「湯布院，又有人叫由布院，到底哪個漢字才是正確的？」我問。

「龜之井別莊所在地是一個盆地，湧出最好的溫泉，古時叫湯布院，後來政府把整個縣歸納成由布院；為了避免混淆，當今觀光局乾脆不用漢字，都以羅馬字 Yufuin 稱呼。」礒崎香織回答。

從大阪市中心到國內機場只要三十分鐘，一小時飛行，再乘五十多分鐘車就直接抵達，輕鬆得很。

這個八十年前建來日本人稱為「貴人接待」的設施，面積連花園和庭院一共有三十多萬平方呎，種滿巨木。從停車的位置走進，沒有一般的招牌或大門，像走進植物園，一下到了接待處。

湯館要員迎接，我也不想太多寒暄，直接進房，這麼大的地方才總共有十五間獨立的日本式別墅，另有五六間西洋套房。室內寬大得不得了，有客廳、露台、日本臥房和西洋睡房。日本人稱之為和洋室。自己的浴室，池子很大，打開窗，有公共的花園和私家花園。

一下子脱光衣褲，披上浴衣就往大浴室走。牆上有地圖，才不會迷路。浴室有玻璃頂，也有露天池，都大，即刻浸入，真是舒服，在池中撫摸自己的身體，又潺又滑，一般溫泉都感覺不到，全無硫磺味，水質的確是高級。

通常是把食物搬在房間吃，我們要試各個餐廳，我先到日本式的「山家料理●

湯之岳庵」去。這是一間用茅草搭成屋頂的古風建築，吃的都是最新鮮食材，溫泉大餐當然應有盡有。日本人叫大廚為料理長，前來與我商量，因為我們農曆年來時一連住兩晚，有甚麼不同的菜式，都得事前一一安排，吃最好的，才算過年呀。

清酒有當地著名的「和香牡丹大吟釀」，價錢雖貴，但味道很好，雖不及山形縣的「十四代」，但另有風味，喝得過。

酒醉飯飽，不宜再去大浴室浸泡，還是在房間內的池子再泡一個浴才入睡方舒服。私家池有一好處，就是水勢強勁，如果覺得池水太熱，開了水龍頭，一下子就能調到感覺最舒服的溫度，這一來才能浸久一點。

吃飯的時候服務生已把床鋪在榻榻米上，又放下窗簾。我的習慣是通通打開，翌日讓陽光把我喚醒，哪知不到五點多鐘就張開眼，這一股迷迷蒙蒙的時光，最好再到大浴室去浸它一浸，人即清醒。

一早出外散步，原來附近有個叫「金鱗湖」的大自然湖泊，幽美得很。旁邊有家很小的共同溫泉，給男女混浴，見沒人，再去浸它一浸。

一路走去，商店林立，再過一會就開門，有多間很有品味的商店。另一家賣蛋糕賣到發財的小店，永遠有一條長龍，是不是那麼好吃，就見仁見智了。最喜歡的還是軟雪糕舖子，各種味道都齊全。

如果再走的話可以走一個上午，還是折回頭到酒店吃早餐，和洋任選，也能在花園中進食。夏天蟬鳴，聲大聾耳，吃完走到旅館開的咖啡室「天井棧敷」，是法國電影《Forbidden Games》的日本譯名，原來旅館主人是一個影迷，這家店到了晚上改為「山貓」酒吧，來自意大利維斯康帝的「豹」。店裏的黑膠唱片收藏量是驚人的，歌劇、爵士各種類別的都齊全，只要你說得出就找得到。如果再偏門的，就要到別墅中間的紅磚洋式建築物「談話室」中去找，這是個幽靜出色的地方，設有最原始最高級的留聲機，巨大的木製喇叭已是古董，唱片用竹頭磨尖的針來摩擦播放。

談話室二樓有一個大橫窗，裝着玻璃，從內看出去是一幅樹木的畫，從外的倒影看遠山，又是另一幅畫，設計得精心。

旅館也有自己的雜貨店，叫「鍵屋」，裏面賣的都是本地的老匠人手工作業，還有果醬、梅酒、餐酒、漬物、餅乾等，都甚有品味。擺得像亂七八糟，但仔細看還是有條不紊的，助手美智子看中了一個手織的稻菊草蒲團，說她媽媽會鍾意，一看要一千多塊港幣，有點猶豫，我問她說你母親喜歡的東西多嗎？她搖搖頭，買下來。

「龜之井別莊」還有一個特點，就是看不到傳統旅館的女大將，服務員像隱形，不會特別殷勤而讓客人覺得受干擾，待需要時才出現。

如果說群馬縣的「仙壽庵」是高級旅館中的寶石，那麼「龜之井別莊」就是一塊古玉，人生非入住一次不可。

地址：大分縣由布市湯布院町川上 2633-1

電話：+81-977-84-3166

網址：http://www.kamenoi-bessou.jp

沖繩之旅

「你一定跑遍天下了！」友人向我這麼講。

胡說八道，世界之大，三世人，不，不，十世人也走不完。別的不說，單單是附近的地方，沒有去過的還有很多。舉個例子，沖繩島就沒有機會拜訪。

日本常去，為甚麼呢？辦個旅行團不就行嗎？唉，我的客人都被我寵壞，不去沖繩島的主要原因，是飛機沒有商務艙，真是可笑。

主要還是沒有甚麼特別原因要去吧？沖繩島有的，日本本土都具備，而且條件比它更佳，真是沒有甚麼理由非去不可。

但是，近來，我有到此一遊的衝動，為了甚麼？啊，是我想買一塊布來做長衫呀。

甚麼布那麼稀奇？

芭蕉布。

沖繩島北部沿海的小村落一直保留着古時老風貌，長滿芭蕉，在一個叫大宜味村喜如嘉的地方，生產了最著名的芭蕉布，把芭蕉葉的纖維撕下，細工織出來。此處的芭蕉田從不施人工肥料，織成的布也不用任何的化學染料，一向有又輕又薄、穿在身上感到快樂和安心感覺的美譽，和新潟的小千谷是同等的。

二戰後，芭蕉布這種絕藝幾乎失傳，好在於一九七四年鄉民們將之復活，當今已被國家指定為重要無形文化財產，而為此獻出一生的平良敏子已被封為人間國寶，當今已是九十多歲了。在沖繩島買一匹芭蕉布，比在日本本土便宜得多，已值回旅費。日本人的布是一筒筒賣的，一筒足夠做一件女子的旗袍，甚至男人的長衫，穿在身上，只有自己才知道它的價值，若有興趣，資料如下：

地址：沖繩縣國頭郡大宜味村喜如嘉 454

電話：+81-980-44-3033

網址：http://bashofu.jp/index.html

不看風景嗎？

當今旅遊，還有誰看風景？紀錄片中要看多少有多少，我們最多去那塊寫着「禮儀之都」的門匾下拍一張照片罷了，其餘的沙灘和碧海，不如在大溪地欣賞。

沖繩島的地域不在赤道，也遠離溫帶，看不見椰樹或柳樹，不上不下，的確沒有甚麼值得一遊的。

還是說吃的比較實在，沖繩島料理有別於日本本土的，顯然有大把刺身可嘗，但說到代表當地的菜，還是吃苦瓜。

沖繩苦瓜形狀特別，外表疙瘩較為明顯，味道更為甘苦。沖繩菜很受中國菜影響，雞蛋炒苦瓜可說是他們的國食，無處不在。

另一種和中國菜一樣的是豬肉，紅燒肉很著名，他們也有變化多端的做法，像用白醋把肥豬肉醃了切片，少了油膩的感覺，非常之特別。

喜歡吃腐乳的人有福了，我們一直強調不鹹的腐乳好吃，像「鏞記」做給老闆吃的「董事長腐乳」，沖繩島的人能做出不死鹹又很潤滑的腐乳。他們有些腐乳加了很多「泡盛」，是一種土炮，酒味特強，更是好吃。

腐乳好，是因為豆腐做得好，那邊的水質清澈，豆腐又軟又香，有種用小魚醃漬了，放在豆腐方格上的菜，一方格放一尾魚蒸出來，也是其他地方吃不到的。

如果想吃最地道的沖繩菜，那麼去「美榮琉球料理」好了，這家在一九五八年創業的餐廳古色古香，進門的那塊「暖簾」，就是芭蕉布織成的。

「美榮」的菜，是古時「琉球王朝」的宮廷料理，用來炖紅燒肉的汁，就是用五種以上的食材熬成的。食器也講究，雖說沖繩陶瓷較為粗糙，但保留着古風，欣賞其純樸，也是一樂。

去了店裏，叫他們的廚師指定菜好了，也不貴，九道菜才七千円，十一道的九千円，十三道的一萬二千円。

地址：沖繩縣那霸市久茂地 1-8-8

電話：+81-98-867-1356

網址：http://ryukyu-mie.com/

吃完了可到「首里的石疊道」散散步，或者去「浦添市美術館」看漆器，不愛美術館只愛吃的話，到「第一牧志公設市場」吧，甚麼當地食物都有，也可買一點「山城饅頭」來試試。再走走，去「觀寶堂」看古董，想休息一下，到「Cesar 團的 Yachimun 喫茶店」去喝杯綠茶。

地址：沖繩縣國頭郡本部町伊豆味 1439

電話：+81-980-47-2160

想吃一碗麵的話，有家百年老店，用木炭燒大鍋湯來煮麵，稱為「木炭麵」，聽光顧過的人說特別美味。

「岸本食堂」八重岳店

地址：沖繩縣國頭郡本部町伊野波 350-1

電話：+81-980-47-6608

網址：http://www.masaemon.jp/entry/2015/03/26/okinawa-kunigami-okinawasoba-kishimotoshokudo

住宿是一個問題，當然有 Ritz-Carlton 等五星級國際酒店，但我不想去住，我要住日本式的溫泉旅館，也好像沒有甚麼特別高級的，打聽之下，只有一家叫 The Shigira 符合要求，但是沒有住過永遠不知道夠不夠水準，還是自己打頭陣，先跑一趟才介紹給大家吧。

完璧之麤皮

首先，甚麼叫麤皮？查出處，有「桴謂木之麤皮也」，麤，亦作粗。這裏要講的麤皮，是東京的一家牛扒店，日文叫ARAGAWA。為甚麼取這個名字，麤皮的官方網站中解釋：取自法國文豪，又是美食家的巴爾札克的小說《麤皮》。

開設於一九六七年，最初在東京新橋三丁目田村町，後來搬去同區的御成門小田急大廈。早年，跟着邵逸夫先生前往，後來又被鄒文懷先生請客，多次前往。

新店開張至今也有四年了，地方較舊舖易找，開在橫街中的地舖。進門即看到一切的裝修沒有改變，就那麼五六張桌子，一個開放式的廚房，牆壁包着京都西陣的絲綢，桌椅採用櫻木製造，吊燈來自瑞典。

食物沒有選擇，全是三田牛，分級品和高級兩類，前者肥得厲害，後者對我們來說是恰到好處，肉味很濃。誰說日本牛肉不夠美國牛那麼有香味，是門外漢之語。

只有牛肉，豈不單調？店裏每星期烤一大尾北海道的野生三文魚，脂肪豐富，賣完了就以又肥又厚的海鰻魚代替，另有烤鮑魚、鮮蝦雞尾、北海道毛蟹等季節性的前菜，沙律則可加生海膽，其他一概不供應，也沒有菜牌給你看。

我們今天一共六個人前往，叫了燒海鰻和蒸鮑魚片送酒。𩨂皮的酒牌，名區貨已沒從前那麼長，但還是比其他東京西餐廳的豐富，我們都知道原廠價，賣高了五六倍來。沒必要被斬，女士們又不多沾，只叫了一瓶九七年的 Pichon-longueville Comtesse de Lalande，當成慶祝回歸。

肉呢？幾成熟？多少克？朋友的太太與我都喜歡吃生的，牛扒的叫法，最生的不是 Rare，而是 Blue，法國人還有 Very Blue 一詞，但東方不流行，比 Blue 再生的就是韃靼的牛扒了。而 Blue 限於叫 Tenderloin 這個部位，也只有在最可靠的店裏才放心去吃。這一塊，要了十四安士的，差不多是四百克。

友人另叫了兩塊 Sirloin，一是 Medium Rare，另外的 Medium Rare Rare。Sirloin 應大塊烤才夠味，所以兩塊都叫了二十一安士的，略等於六百克，大家分來吃。𩨂皮的牛肉是世上唯一肯仔細地分十級來燒的，計有一、blue。二、rare。三、medium rare rare。四、medium rare。五、medium medium rare。六、medium。七、

the one between medium and medium well done。八、medium well done。九、the one between medium well done and well done。十、well done。

前菜都十分美味，一下子吃完，肉跟着上，最先來的是那塊Blue，用不是很鋒利的餐刀一切就開，西方人有句話形容肉的軟熟，說是「像用把溫暖的刀切入冷凍的牛油塊那麼容易」，一點也不誇張。

外層輕輕地烙了一下，裏面的肉幾乎全生，用手指一按，是室溫的溫度，達到Blue的規格。大家分開來吃，說也奇怪，一點血水也不滲出，肉汁全包裹在略熟的外層，吃過才知奧妙。

Sirloin繼續上，它的外形和Tenderloin最大的分別是在尖處有一塊如乒乓球一樣大的東西，裏面有八成是脂肪，兩成肉，一般人怕肥都把它切掉，友人與我愛吃它，一刀切開，果然肥瘦恰好，一點也不差。

肉味比Tenderloin濃厚許多了，未吃入口已撲鼻，雖然比Rare硬了一點，也比其他肉柔軟得多，也一下子吃光，那塊Medium Rare的，已覺乏味，吃剩了三分之二，打包回香港，翌日切片一煮，又變成天下最好吃的公仔麵。

六人之中，有位太太因信仰不吃牛，事前已問過店裏，回答沒有問題。找了一個青森產的鮮鮑，足足有兩頭鮑那麼大，烤到恰好上桌。她一個人吃不完，我們分來欣賞，非常之軟，知道是野生的，錯不了。

水果有最甜的蜜瓜，或馬士格達葡萄，大如李子，甜得要命，大家在吃時我的目光轉到後面桌上擺的 Romanee Conti 飯後酒，來一杯，每喝一口都有不同的香味，永遠是物有所值的飲品。

說到這裏，讀者諸君最想問的，應該是多少錢？多少錢吧？

在二〇〇六年的《Forbes》雜誌選出世界上最貴的三家餐廳，分別是巴黎的 Alain Ducasse Au Plaza Athenee、和倫敦的 Restaurant Gordon Ramsay，你猜對了，第一名還是這家東京的矗皮，而且在米芝蓮牌上只得一星而已，大概是不肯打折扣吧。

我們這一餐吃了四十五萬多日幣，平均一個人是六千港幣，大陸豪客也許說不過如此，不是那麼貴呀。我沒友人請客，自己是不會去的。一生人，命就是那麼好，來矗皮都有邵先生、鄒先生、廖先生和日本電影公司的老闆來付賬，謝謝他們了。

星期六的中午，只有我們一枱人，經理的服務當然無微不至，在遠處觀察，我們有需要即刻覺察前來。這一家餐廳也不怕沒客人，在日本經濟泡沫未爆之前已賺得盆滿鉢滿，再有數十年的老本可吃吧？

真的那麼好嗎？從前來的時候，還不會真正欣賞，這數十年來，天下的牛扒也吃得不少了，比較之下，才了解他們用備前炭烤牛肉的仔細和熱誠，以及廚師的心血。

經理前來問我，烤得如何？

「Kanpeki。」我回答。

Kanpeki 漢字作「完璧」，日文中的完善、完美、十全十美的意思。

經理聽了，深深一鞠躬。

地址：東京都港區西新橋 3-23-11 御成門小田急ビル 1 樓

電話：+81-3-3438-1867

網址：http://www.aragawa.jp

神户牛肉

很少餐廳能留給我那麼深的印象，這次去神戶的這一間，可以說是一生人當中認為天下最好的十家之一。

在一座大廈三樓，連招牌也懶得掛，推開門，是間一千平方呎左右的食肆。主廚也是老闆，經友人介紹，笑嘻嘻地叫我在櫃台前坐下。先拿出一個巨盤，足足有十人餐桌的旋轉板那麼大，識貨之人即刻看出是御前燒的古董陶器，價值不菲。

櫃台後是一排排的雪櫃，木製的門，較鐵質的悅目。打開冰箱，裏面盡是最高級的神戶牛肉，整隻牛的任何部份都齊全，因為主廚擁有大農場，牛是一隻隻劏的。

「所謂神戶牛，都不是神戶人飼養，這間農家兩三隻，那間四五頭，然後拿到神戶來賣。我的農場開正在神戶，可以正正式式地叫做神戶牛肉。」他解釋。

吃牛肉之前，先來點小菜，他拿了一塊金槍魚，切下肚腩最肥的那一小片Toro，浪費地這一刀那一刀，只取中間部份給我吃一口。目前的金槍魚都是外國輸入，像這種日本海抓到的近乎絕種，吃下去，味道是不同。

看主人的樣子，瘦瘦小小地，比實在年齡年輕，也應有四十多了，態度玩世不恭，但做起菜來很用心，有他嚴肅的一面。

接着他放在大盤上的食物有一本硬皮書大小的烏魚子，從來沒有看過那麼大的，以為是台灣產。

「我尋遍日本，才找到的。」他說完把葱蒜切片夾着給我吃：「不過這種台灣人的吃法比日本人高明。」

材料也不一定採自日本，他拿出伊朗魚子醬，不吝嗇地倒在大碟裏。我正要吃，他叫我等一等，拿出一大條生牛舌切成薄片：「試試看用牛舌刺身來包魚子醬。」

果然，錯綜複雜中透出香甜。想不到有此種配搭。

「我吃過的牛舌，還是澳洲的最便宜最好。」我說。

「一點也不錯。」他高興得跳起來：「我用的就是澳洲牛舌。神戶牛肉不錯，但是日本舌頭又差勁又貴，為了找最好的澳洲牛舌，我去住了三個多月，還差點娶了個農場女兒當二奶呢。澳洲東西，不比深圳貴。」

口吻像對甚麼地方的行情都很熟悉。澳洲東西雖然便宜，但花的時間呢？這一餐，吃下來到底要多少錢？我已經到達不暗裏嘀咕的年齡，不客氣地直接問他。

「以人頭計，吃多少，都是兩萬日円，合一千三港幣。我也做過顧客，最不喜歡付貴賬時嚇得一跳。事實講明，你情我願，才舒服。」他大方地回答：「來店裏的熟客都知道這個價錢。」

「還包酒水？」我問。

「包啤酒，日本酒。」他說：「紅酒另計。總不能讓我虧太多。哈哈。」

櫃台架子上有很多本酒的百科全書，他說客人建議些冷門的酒，他即刻查出處，買來自己試試，過得了關就進貨存倉。

「上次神戶地震，沒甚麼影響吧？」我問。

「地窖中的碗碟都裂了，還打破很多箱紅酒，也損失了近億円。」

心算一下，也有六百多萬港幣。

「不過，」他拍拍胸：「好在大廈沒塌下來。」

原來整間建築都是他的產業。

「地震之後，附近的餐廳之中，只有我第二天就繼續營業。」

「這話怎麼說？」我問。

「旁的地方都是用煤氣，氣管破壞了沒那麼快修好，我烤牛肉是用炭的。」他自幽一默地：「我也到日本各地的窯子去找最好的炭，還和炭工一起燒，研究為甚麼他們的火那麼猛，一住又住了三個多月，眉毛都燒光了，所以娶不到炭場的女兒當二奶。哈哈。」

壓軸的牛肉終於烤出來，也不問你要多少成熟，總之他自己認為完美就上桌。一口咬下，甜汁流出，肉質溶化，沒有文字足夠形容它的美味。

已經飽得不能動，他還建議我吃一小碗飯：「我們用的米，是有機的。」

「到處都是有機植物，有甚麼稀奇？」我問。

「不下農藥，微生物腐蝕米的表皮，味道還是沒那麼好，我研究出一個不生蟲的辦法，把稻米隔開來種得稀鬆，自己農場地方大，不必貪心地種得密密麻麻，風一吹，甚麼蟲都吹走，這才是真正的有機植物。」他解釋。

「你那麼不惜工本去追求完美，遲早傾家蕩產。」我笑着罵他。

「咦，你說錯了，我有我的辦法，我的老婆另外開了一家大眾化的燒烤牛肉店，生意來不及做，我當然騙她說我的店沒有虧本，她也不敢來查，天下太平。」他說：「走，我們吃完去神戶最好的酒吧，叫薔薇薔薇，美女都集中在那裏，我請你再喝杯。」

「日本人請客去酒吧，多數是因為自己有目的的藉口，你是不是和這家酒吧的女人有一手？要是單單請客，我就不去了。當你的藉口，我可以陪你。」我說。

這時候，他的太太走進店裏，是一位看起來比他老很多的女士，身材肥胖。

我向他說：「走，我們喝酒去。」

他笑着說：「借用《北非諜影》的最後一句對白：『我相信這是一段美麗的友誼的開始。』」

鰻魚飯

日本料理大行其道，全世界都有，各種各樣的店舖林立。最受歡迎的是壽司店，其次是拉麵，天婦羅也多人吃，但懷石料理較麻煩，所以少人經營。其中最不受重視的是日本齋菜，稱為精進料理，其實當今吃素的人多，開家日本齋館是一盤生意。

我去日本，除了牛肉之外，最愛光顧鰻魚專門店，在國外開的，沒有一家比在日本吃到的更好。起初是不會欣賞的，因為我們吃不慣帶甜的菜式，鰻魚的蒲燒，依靠很甜的醬汁，而且鰻魚肉帶着小刺，吃慣了連細骨都能嚥下，剛剛接觸時，是很難接受的。

蒲燒鰻魚非常肥美甘甜，會吃上癮來，很難罷休，現在已經愈來愈多人欣賞。為甚麼鰻魚店在外國難經營，只能當成日本餐的一部份，而不是鰻魚專門店呢？

原因很簡單，真正的鰻魚飯，製作過程繁複，先要劏開鰻魚，起了中間那條硬骨，再拔肉中細骨，然後把肉蒸熟，再拿去在炭上烤，一面烤一面淋上甜醬汁，一客鰻魚飯，從下單到上桌，至少需要半個小時，中午繁忙時間客人殺到，要等多久才能吃到？

日本菜中技巧最難掌控的是天婦羅，是一種由生變熟的學問，表面那層皮得薄如蟬翼，浸在汁中即化。要炸多久，用甚麼溫度，全靠師傅多年累積下來的經驗，劣質的天婦羅一吃即膩，皮厚得不得了，吃下去會感到胸悶的。

鰻魚的蒲燒不同，只要有耐性，在家中也能做得好。從前在邵氏有位當日本翻譯的陳先生，做得一手好鰻魚飯，不遜於日本鰻魚店的老師傅。

當今最難的，是找不到野生的鰻魚，日本全國的鰻魚店，有九十五巴仙用的都是人工養殖的，剩下那少數，得去各地名店找。東京的「野田岩」，是其中之一還用野生的，此店已有二百年歷史，早在七八十年前已到巴黎開分店，那個美好年代，法國人已學會欣賞。

其他的有「石橋」、「色川」和「尾花」等，「竹葉亭」是我在日本生活時經常光顧的，因為我的辦公室就在京橋。京橋地鐵站前面就有一家它的分店，去熟了招呼甚佳，邵逸夫前妻生前也喜愛吃鰻魚飯，來了東京必和她去光顧京橋的

「竹葉亭」，日前乘車經過，好像已經結業了。當今最多人去的還是他們在銀座大街上那家，但因不接受訂座，門口不斷地排長龍，各位還是去他們的本店好了。在古老的建築物中吃鰻魚飯，有特別的感受，而且可以訂座。

地址：東京中央區銀座 8-14-7

電話：+81-3-3542-0789

除了這些名店，我到日本鄉郊各地旅行，也不停去找當地的鰻魚專門店。很奇怪地，各處均有一兩家屹立不倒，其他料理店一間間關門，鰻魚店老闆只要專心做，總可以做下去，並且一定有一群喜愛吃鰻魚飯的客人，忠心耿耿地跟隨。

到這些小店去，和老闆們一談起鰻魚，絕對有說不完的話題，大家熟絡了，他們會拿出一些獨家的佳餚出來給我吃，像鰻魚內臟做的種種漬物，每家都不同。

蒲燒之外，當然有白燒，那是不加醬汁的，只要鰻魚夠肥大，怎麼做都好吃。最普通的吃法，是把鰻魚燒了，鋪在飯上，盛飯的有長方形的漆盒，或者圓形的，如果叫「鰻重」，那就是一層飯打底，加一層鰻魚在中間，再鋪飯，最後又再鋪鰻魚。

吃時撒上的山椒粉，就是我們所謂的花椒了，最初吃不慣，還覺得有種肥皂的味道呢，喜歡了就不停地、大量地撒。

另外，最有味道的是那碗湯，中間有條鰻魚的腸，吃起來苦苦哋，也會吃上癮。有些鰻魚店還有烤鰻魚腸可以另叫，喜歡的人吃完一碟又一碟，每碟有兩三串，日本人稱為Kimo，有些還連着鰻魚的肝，更肥更美味。

當今到鰻魚店，有些湯中已見不到鰻魚腸了，那是因為所有的鰻魚都是由中國進口，進口的鰻魚，容易腐爛，腸就先丟棄了。

要是想吃鰻魚的原味，可以到韓國去，那裏還有很多野生的，又肥又大。他們通常是把肉起了，放在炭上燒，像吃烤牛肉一樣，如果要吃日本式的蒲燒，在韓國也能找到一些專門店供應。

野生鰻魚始終和養殖的不同，初試的人分辨不出，吃久了便知有天淵之別。每次提到野生鰻魚，我都想起在外國的公園散步，湖中的鰻魚多不勝數，洋人不會做也不敢去碰，那是多麼可惜的事。我去到澳洲，會請餐廳主人派人去抓，他們一定有他們的辦法拿到，蒲燒是不會做的，但拿來紅燒，也是一大享受。

養殖的鰻魚蒲燒起來，懂得吃的人會吃出一股泥土味道，這味道來自皮下的那層脂肪，將它去掉，加上醬汁，只吃鰻魚的肥肉，是可以接受的，友人高木崇行在新加坡經營日本料理，他說用進口已經烤好的中國鰻魚，把皮去掉，重新淋醬汁再烤，然後鋪在飯上，是可以吃到與日本鰻魚店相差不了多少的味道，今後我會用他的方法自行研究，看看是否能夠做得出來。

拉麵問答

有本週刊做日本拉麵的專集，記者找我，要我回答以下的問題：

問：「日本人對拉麵有甚麼特別的感情或情意結？」

答：「五十年前，日本人開始吃拉麵，那是小販拉着車子，在街邊叫賣，有時還吹着喇叭，和明星牌即食麵封套畫着的那個形象一模一樣。」

「當時的拉麵，湯底只是用醬油和味精溝在滾水當中，再下一個麵團淥得半生不熟，難吃到極點，但日本街邊小吃的變化不多，拉麵也慢慢被人認可，生意好起來，就請了一個小廝當助手，有人叫外賣，就讓小廝送過去。外賣日本人稱為『出前』，而一碗叫做『一丁』，後來的即食麵招牌，也就是因此而產生。」

「日本人很有精益求精的精神，這五十年來他們把湯底研究又研究，麵條的軟硬度發展了又發展，弄出一碗非常美味的食物，街頭巷尾，一定有一兩家人賣拉麵。他們也承認拉麵這種東西由中國傳去，可是已變成了他們的『國食』，日本人不可一日無此君，拉麵的存在，像韓國人的金漬，如果把拉麵從日本人的生活中拿走，他們會感到非常非常地孤寂。」

問：「相對烏冬及蕎麥麵有不同嗎？」

答：「烏冬和蕎麥麵倒是日本人的道地的食物，他們當然喜愛，但程度上不及拉麵。而且，烏冬和蕎麥麵基本上是送酒吃的，而拉麵是喝完酒後吃的。」

問：「這話怎說？日本人不是把拉麵當成消夜的嗎？」

答：「日本人到麵店（傳統的麵店只賣蕎麥麵和烏冬），主要是去喝清酒，這是老一輩的日本人的吃法，年輕的不懂。而拉麵的興起，主要是在喝酒時不太吃東西，因為肚子一飽就難醉，難醉了要花更多的錢去買酒。」

「當今的日本人還是有酒一喝多了，就想起吃一碗拉麵的習慣，但也不一定當成消夜，已經是老百姓的中餐和晚餐，而早餐是絕對不吃拉麵的。」

問：「拉麵必備甚麼配料？」

答：「最初的只有兩三片筍乾和一片紫菜，又有白顏色，中間有粉紅的旋轉形花紋，天下最難吃的魚餅。後來越變越多，不同地方人下不同配料，大致上說，有豆芽、椰菜、幾片叉燒（他們叉燒不燒，只是把肉塊綁起來煮熟後切片），有些地方下半個蛋，蛋白煙熏，蛋黃還保持半熟狀態。北海道的喜歡下玉蜀黍，加一塊牛油。」

「大阪一帶的關西，除了鋪在拉麵上面的配料之外，在桌上還放用芥菜醃製的乾菜、紅薑絲、芝麻等等，看到有金漬泡菜為配料的館子，多數是韓國後裔開的。」

問：「不同地方的日本人吃拉麵的喜好及習慣有甚麼不同？」

答：「是甚麼地區的人，就喜歡吃甚麼拉麵，這是根深柢固的口味。習慣倒是統一的，先喝一口湯，再吃麵。吃麵時吃得『時時嗦嗦』並無不禮貌，反而代表好吃，這是歐美人搞不清楚的。」

問：「拉麵界五大代表：博多豬骨拉麵、札幌味噌拉麵、東京醬油拉麵、函館鹽味拉麵和別府地獄拉麵，湯底各有甚麼不同？」

答：「基本上，湯底是一樣的，多數會用豬骨、雞骨、昆布、木魚、洋葱、紅蘿蔔、椰菜等等來熬湯底。有了湯底，再加其他調味品。」

「就算你走進博多的豬骨拉麵店，叫一碗，侍者也會問你要醬油味、鹽味或味噌味的？選其中一種，他們就在豬骨湯底上再加。走進札幌的味噌拉麵店，他們也會問同樣問題。總之，至少有兩個選擇，那就是醬油味或鹽味。」

「所有湯底，熬到最後，湯還是清的，至於豬骨湯底的為甚麼是白色？那是加了魚。把魚放進網中，熬到魚骨也溶化了，湯就變白，就是那麼簡單。」

「味噌湯底是在豬骨湯中再加味噌，變成褐色。北海道的，除了味噌之外，還要加牛油。」

「東京人吃慣了從前加醬油加味精年代的拉麵，所以特別喜歡醬油，不愛味噌味，又覺鹽味太淡。」

「函館人口味不重，才偏愛鹽味拉麵。」

「別府可能因為火山太多，人性格較為暴躁，加了辣椒才夠刺激，故有整碗紅顏色的辣椒醬拉麵的產生。」

「還有一種九州特有的拉麵，叫為 Chanpon，那是把麵炸成伊麵，淋上很稠的芡粉，吃時亂攪一通，Chanpon 是亂攪的意思。」

問：「你個人最喜歡哪一款拉麵？」

答：「我是一個喝酒的人，口味較重，當然喜歡吃濃郁的豬骨湯拉麵了。但我通常吃麵，都愛乾撈，乾撈最能吃出麵條的味道和彈力，所以我也喜歡一種叫

Tsukemen 的，麵條淥好放入碗中，另有一碗濃湯，讓你把麵夾起，浸着湯來吃。」

問：「可否分享曾在日本吃拉麵的難忘經驗？」

答：「熱辣辣的拉麵，最好在寒冷的夜晚來吃，有一回和金庸先生夫婦、倪匡先生夫婦到了東京，入住帝國酒店，下大雪，我們三更半夜，散步到對面日比谷公園門口的拉麵檔，各人叫了一碗。」

「小販用銅絲網撈起一大塊煮得軟熟，快要溶化的肥豬肉，手拍着網柄，讓肥豬肉變成一粒粒，落在湯中。大家看得心中發毛。」

「我大喊：『那是骨髓呀！』」

「說完各人都捧着一碗走進公園，坐在雪地上的小櫈子上大吃特吃，一碗不夠，再回去要多一碗。」

「當今那檔拉麵消失了，此種情景和味道再也不能重現，是人生之中最難忘的拉麵經驗。」

壽司專家

有了米芝蓮之後，東京出現了不少新壽司店，客人慕星星而來，生意滔滔。好吃嗎？我試過，平平無奇，驚訝的也只有價錢貴而已，但為甚麼得到星呢？主要是這些新一代的師傅，都會說幾句英文，能夠把一些壽司的心得講給食評者聽，而這些普通的心得，已經讓他們感動不已，拼命把星送了上去。

傳統的老店，不管你星或不星，他們的出品不會有甚麼讓人驚嘆之處，保持着一代又一代傳下來的水準，謙虛地、矜持地經營，那份歷史的沉澱，那份優雅，也不是米芝蓮食評家能夠了解得到的。

其中一家叫「銀座壽司幸」，開業至今已有一百三十多年了。招牌上的那個大字，是插花界最著名的草月流創辦人敕使河原蒼風寫的。外國人也許不知道此君是誰，但也應該聽過草月流傳人，著名的電影導演敕使河原宏吧？牆上掛着的，是武者小路實篤的畫，另有數不清的皇親國戚，都是壽司幸的常客。

當今的店主叫岡田茂，是第四代，除了做壽司，還在京都學習日本料理，當年在京都請人做了一批杯盤，沿用至今，他所選的食材，像金槍魚的 Toro，是腹部最下面那塊叫 Shazuri 的部份，又豈非米芝蓮食評人欣賞得到。

價錢呢？Omakase 一萬五千日圓，傳統的老舖，有它的自傲，不會亂斬客人。

店不大，櫃枱坐十一個人，有間小房，坐八位。週一至週五只做夜市。星期六有中飯由十二點開到一點半，晚上五點半到十點半，十點半以後不接客了。一定要訂座。

地址：東京中央區銀座 7-7-14

電話：813-3571-4558

食材方面，公認為最新鮮、最多選擇的是北海道，因為食材豐富又好，又被公認為北海道是養不出好的壽司師傅來，有鑑於此，「壽司善」訓練出一批刀功最犀利的阪前人來，在東京，也有「壽司善」的分店，Omakake 是二萬五千円。此店並無米芝蓮星。

地址：東京中央區銀座 7-8-10，Fukuhara Ginza 地牢

電話：813-3569-0068

星期天休息，要訂座。

海鮮再好，也要看季節，米芝蓮食評人走進一家壽司店，指手畫腳，師傅搖頭，以為要甚麼沒甚麼，這家店怎能給分？

他們不知道春夏秋冬之分，願上帝原諒他們。

春天得吃「春子鯛 Kasuko」是連皮吃的。「細魚 Sayori」也是這個時期最肥。「鰊 Nisin」、「帆立貝 Hotategai」、「墨烏賊 Sumi-ika」、「平貝 Hiragai」、「牡丹海老 Botan-ebi」、「甘海老 Ama-ebi」等，都是在春天吃。老店除了春天，不賣這些。

夏天有「白海老 Shiro-ebi」、「車海老 Kuroma-ebi」、「響螺 Tsubu-gai」、「蝦蛄 Shako」、「毛蟹 Kegan」、「榮螺 Sasae」、「白烏賊 Shiro-ika」、「蝦夷馬糞雲丹 Ezo Mafun Uni」、「縞鰺 Shima-aji」、「喜 Kisu」、「穴子 Ana-go」、「真蛸 Madako」、「真鰺 Ma-aji」等，夏天海鮮比春天多。

秋天反而少了，最得時令的只有四種：「三文魚子 Ikura」、「太刀魚 Tachi-uo」、「喉黑 Nudo Kuro」和「搶烏賊 Yari-ika」最肥。

冬天最多，一共有二十種：「蛤 Hamaguri」、「青柳 Aoyagi」、「北寄貝 Hoggi-Gai」、「赤貝 Aka-Gai」、「真鱈之白子 Madara no Shirako」、「鰆 Sawar」、「蝦夷鮑 Ezo Awabi」、「海松貝 Miru-Gai」、「赤海鼠 Aka Namago」、「魴鮄 Hobo」、「金目鯛 Kinmeida」、「真牡蠣 Ma Gaki」、「真鯖 Ma Saba」、「真鯛 Ma Dai」、「鰤 Buri」、「虎河豚 Tora Fugu」、「鮃 Hirame」、「小肌 Kohada」、「黑鮪，赤身 Kuro Maguro Akami」、「黑鮪，大 Toro Kuro Maguro-Otoro」。

講到黑鮪，台灣的東港也產金槍魚，亦叫為黑鮪，但絕對是不同種，很多人吃了都說是最好的金槍魚，亦被人貽笑大方。

金槍魚當今由世界各地運到日本，再從那裏輸出外國，其中以美國、菲律賓、印度和西班牙最多，近肚腩的部份亦有粉紅色的，但是脂肪的味道完全不一樣，和日本的金槍魚不能相比。

日本金槍魚也分黑鮪 Kuro Maguro，另名為本鮪 Hon Maguro，也叫為 Shibiro Maguro，十公斤到二十公斤的，叫為 Meji Maguro。

最優質的在青森縣下北半島的「大間」捕獲，離海港只有十五分鐘，即抓到即劏來吃，不經冷凍，再也沒有比它更好的了，其中尤以「一本釣」最佳，因為不傷到魚本身。

另外有三陸東沖地區，用「鮪延繩船」方法捕捉的 Mebachi Maguro 更為出色，從一百條魚中選出最肥的一條，命名為「三陸鹽竈 Higashimono」。

米芝蓮的壽司專家，大概不懂得分別吧？

御田

日本料理開得通街是，還可以賣些甚麼呢？友人問。有呀，可賣Oden呀。

先正名。Oden，又叫關東煮，東京那邊的人都叫關東人。關西人，即是大阪附近的，也承認這是東京人發明，但說這是在關東出生，而在關西培養出來的食物。

其實，甚麼是關東煮甚麼是關西煮，沒有很明顯的分別，日本到處都有小店或攤子賣這種小食，Oden寫成漢字，是「御田」，這個田字由「田樂Dengaku」而來，是一種甜麵醬，塗在豆腐或蒟蒻上的吃法。

台灣受日本影響很深，把御田叫為「黑輪」，這是搭上甚麼關係了？會不會是因御田中有一種食材，是用魚餅做成一輪輪一卷卷，叫為「竹輪」而來？

不，不，不，叫為「黑輪」，是要懂得閩南語才會了解的。黑，閩南話不用這字，而取「烏」代替，「輪」則讀成Leang，音與Oden的Den相近，故叫成「黑輪」了。其受歡迎程度，連便利店也賣。

整體來講，有點像客家人賣的「釀豆腐」，把種種豆腐類、魚餅類、蔬菜、雞蛋、牛筋和章魚餅等煮在一起，客人愛吃甚麼點甚麼，多數是當消夜的。

好吃嗎？食物吃慣了就美味，初嘗不覺得，尤其是對食材豐富的中國南方人來説，覺得粗糙得很。肉和魚的份量極少，湯當然也不夠甜了，但奇怪得很，當天氣一冷，想喝熱湯時，才發覺日本人是絕對不喝 Oden 湯的。到底為甚麼？問許多日本人卻問不出道理，他們是群居動物，旁邊的人喝你就喝，大家不喝就不喝了。

Oden 把各種不同做法的製品，放在一個分成三四個大格子的鐵鍋中煮出來，一共有幾種呢？

嚴格分拆，而且依足傳統，新派亂加的不算，共分炸類「薩摩揚」，是一種魚漿加麵粉炸出來的餅製品，還有「球餅」、「魷魚卷」、「蝦卷」、「肉腸卷」、「牛蒡卷」、「餃子卷」、「銀杏卷」、「魚皮餅」等共九種。

魚餅類有「Naruto」，是一種白色長條魚餅，裏面用染料做成粉紅色一圈圈，令人看得頭昏眼花（尤其醉後）的魚餅，「魚筋」、「魚丸」、「煙燻魚餅」、「梅形魚餅」、「竹筒形魚餅」、「粉紅魚餅」、「信田卷」、「白燒卷」和「Hanpen」一種白色無味的軟魚餅，「Kurohanpen」則是黑色的，等等十一種。

粉物類的有「竹輪麩」、「角麩」二種。

蒟蒻類的有「絲蒟蒻」、「白滝」是把絲蒟蒻綑在一起的，以及「板蒟蒻」等五種。

豆腐類的有「絹豆腐」、「木綿豆腐」（即是我們的冰凍硬豆腐）、「燒豆腐」、「Ganmodoki」一種豆腐餅、「京Ganmo」京都式的豆腐餅、「厚揚」厚炸豆腐、「湯葉」腐皮、「巾着」用腐皮做成袋子的食物等八種。

蔬菜類有蘿蔔、芋頭、馬鈴薯、包心菜卷、生口蘑、金針菇、竹筍、尖筍、蕨菜、紫萁、蕗、蒿菜、番薯、紅蘿蔔、香菇等十六種。

水產魚類有海帶、青海苔、八爪魚、金槍魚葱串、小章魚串、魔鬼魚邊，還有一種很特別的叫「Koro」，是鯨魚的皮下脂肪，通常用竹籤串着吃的，共七種。

最後的肉類，有牛筋、香腸、牛尾、肉丸、豬腸、糝薯、雞蛋、鵪鶉蛋等八種。

總共六十四種，不計算在這裏面的都不入流。

如果要說最正宗的Oden，那麼請到「御多幸」去吧，這家由大正時代

（1923）營業至今的老店，是最值得去的店舖，壽司店叫師傅決定為 Omakase，但是 Oden 店則叫 Mihakarai，拿出來的多數是這幾種東西，蘿蔔、白魚餅和豆腐餅，湯汁則是用昆布、木魚、醬油和清酒煮出來的，不是很鹹，但極入味，下酒剛好。

地址：東京日本橋 2-2-3 御多幸大廈

電話：+ 81-3-3243-8282

吃 Oden 而不喝酒的話，就不像話了，從前的 Oden 大排檔的大鐵格內煮着各種食物，而酒的燙法，是從一升瓶裝倒進一個一盒裝的鐵壺內，鐵壺有個鈎子，可以掛在鍋邊，把酒燙熱。

這種燙法也許當今的客人認為不衛生了，已罕見，不過要是你在九州或各縣鄉下找到檔子，或許還是用這種方法燙酒的，説也奇怪，好像特別好喝。

一般的壽司店都不主張外賣，Oden 沒有生東西不吃壞肚子，可以打包。如果沒有時間去「御多幸」吃的話，店裏有特製的鐵桶，讓客人把 Oden 連湯一塊買回去。

在湯中煮了一定時間的食物，通常鹹淡都已經調得好，很入味了，所以不供應醬油、醋之類調味品，但Oden店裏會給你黃色的芥末，覺得單調時，塗一點點芥末在牛筋上，會覺得特別地美味。

但一貪心塗多了芥末，整個人就會被辣得跳起來，那種刺激由鼻腔直攻進腦，眼淚即刻標出，是沒有解藥的，也不需要解藥，只要用手猛拍後腦才行，一過了就整身舒服，而這種痛快感，是會上癮的。

勝新太郎演盲俠的時候，對角色觀察入微，在一場吃Oden的戲中，因為看不到份量而大吞芥末，結果像被觸到電，那種演技，至今不忘。

洋食

洋食 Yoshyoku，是日本人叫的外國餐。指的並不一定是法國菜或意大利菜，所有外來的，一切稱之為洋食。當你試過刺身、壽司、天婦羅、鰻魚、鮟鱇鍋、寄世鍋、鋤燒、鐵板燒、Shabu-Shabu 和拉麵之後，也許你對日本的洋食有點興趣。因為，洋食再也不是西餐，而是日本菜了。

日本人有種本領，就是把所有的外來食物佔為己有，像印度的咖喱，去到日本，便成為日本咖喱，又甜又不辣，是日本的，別處做不出那種滋味來。

最具代表性的洋食是甚麼？莫過於他們的奄姆飯 Omu Raisu 了。Raisu 當然是 Rice 的日本發音法，他們的所有外來語，都加 Su、Mu、Ru、Ku 等，有 S 音的就變成 Su、有 M 結尾的，像 Ice Cream，就是 Aesu Kurenmu 了。

而 Omu，就是奄姆列 Omelet 縮短而成。

這碟 Omu Raisu 是用平底鑊煎出蛋漿的薄片，包裹着淋滿番茄醬的炒飯而已。而炒飯之中沒有肉，也沒有蔬菜，嚐到的一味是番茄醬的甜汁，和帶鹹的蛋皮，難吃之極，天下無敵。

除了奄姆飯之外，還有一種飯，叫 Hayashi Raisu 的。甚麼？Hayashi？不是「林」的發音嗎？這個菜名和姓「林」一點也搭不上關係，Hayashi 來自英語的 Hash，法語的 Hacher，是切碎的意思。美國菜中有種低劣的做法，是把牛肉切碎了，混上莫名其妙的醬汁，就叫為 Beef Hash。日本人學了，把牛碎肉亂煮一通，弄個又酸、又甜、又鹹的醬，淋在飯上，叫成 Hayashi Raisu。戰後日本國家窮，一般的 Hayashi Raisu 都找不到肉，只剩下混醬而已。難吃之極，成為絕品。

Gurantan 是由 Gratin 演變的，通常用了 Macaroni 意粉，加點肉，加點海鮮，放在一個橢圓形的碟中，塗上一大堆奶油醬，再拿到焗爐中把表面焗得發焦，就成為 Gurantan 了。吃進嘴裏，一口漿糊，也找不到肉和海鮮，剩下幾條意粉。難吃之極，所向披靡。

Napolitan 又是一種意大利粉，略為煮一煮，放在冰水中過一過，再下大量的番茄汁去炒一炒，加點椰菜之類的蔬菜，就此而已。難吃之極，已用不出文字來形容。

日本是一個吃魚的國家，到了十八世紀，才學會吃肉。之前的一千多年，肉類被認為不潔，是天皇和將軍們禁止老百姓食用的，到了明治維新，在一八七二年，這條禁止吃肉的法律才廢除了。

肉，在日本，直到現在，還是被視為中國人的鮑參翅肚之類的高級食物，價錢絕不便宜。數十年前更珍貴，我作為一個窮學生，到了東京，也很少吃到肉，以為自己體力不支了，看到飯堂的咖喱飯塑膠樣辦上，竟然有一塊四方的豬肉薄片，馬上叫了一客，豈知怎麼找，也找不到那塊寶貝，原來樣辦是騙人的。

日本人也自認矮小，是因為不吃肉。這也有點道理，學了洋人吃肉後，他們果然高大得多。你看看戰前的那些日本人的身材，和現在的一比，就知道吃與不吃肉的確有關的。

所以明治維新之後，不但輸入了外國的科技和武器，也吃了西方的食物，人才逐漸高大起來。當今還不吃白飯了，學吃麵包喝牛奶，日本女人的乳房也脹出許多，三級片女星可以證明這點。

但是在他們的經濟泡沫還沒有爆裂之前，錢大把呀，當然有真正的外國廚子去日本開店的呀！這句話也說得不錯，的確出了不少著名的外國餐廳，但問題出在只有少數的日本人懂得欣賞。一般的，和明治維新當年做下來的洋食，吃不出分別來。

不過日本人有精益求精的精神，本來難吃透頂的拉麵，本來只有醬油湯，也讓他們研究又研究，做出連中國人也愛吃的豬骨湯拉麵來。

洋食之中，也有例外。Katsu 這個字，由英文的 Cutlet 變化出來，是一種煎炸的做法。日本人有天婦羅，對炸東西有點基礎，所以他們的 Tonkatsu 炸豬扒炸得非常出色，外皮爽脆，裏面的豬肉還很多汁呢，這一點也不得不服了他們。

講到炸，他們還有一道菜，叫 Koroke，是從法文的 Croquettes 音譯。法國祖先做的，用生蠔或螃蟹肉沾了麵包糠來炸，非常美味。日本人學的，餡中無肉亦無蝦蟹，只是一團麵粉，就那麼炸出來算數。

窮家庭都做 Koroke，不學無術的家庭主婦尤其愛做 Koroke，每餐都是 Koroke。日本男人吃了直搖頭，大叫：「Kyo Mo Koroke, Asu Mo Koroke」，意思是今天也是，明天也是，吃來吃去都是一樣的東西，單調之極。

日本人罵人不太用粗口，但是「Kyo Mo Koroke, Asu Mo Koroke」這句話

的污衊性比粗口更厲害，尤其是罵太太只肯用傳教士姿勢來做的時候運用，無往不利。你如果有那樣的女朋友，不妨記之。

日本早餐

在日本住上四五天，一定增加兩三公斤回來，無他，白米飯香，炊出飽滿的米粒，晶瑩剔透，每一顆都好像在向你説：來吃我吧，來吃我吧。

日本人早上就開始吃飯，到了酒店多數有定食，侍應會問你：「御飯 Gohan？粥 Okayu？」這是因為外國人有些喜歡吃粥，但日本人的話，生病才吃粥的，非來一碗大白飯不可。

相信習慣來自當時的農業社會，粥容易消化，一下子就餓，還是白飯填肚為佳。如果不在家吃，家庭主婦也會揑成飯團 Onigiri 讓家人帶着在路上充飢。

我自己也不介意一早來碗飯，這是因為我奶媽也來自農家，常餵我吃飯，慣了很容易接受日本早餐那一碗飯。在鄉郊旅行的話，溫泉旅館的早餐更是特色，一定要好好享受。

奉送早餐幾乎是不成文的規定，白飯、味噌湯和泡菜是少不了的，從前鹽醃的三文魚最為普通便宜，也必定配上一塊烤的。這塊三文魚旁邊有一撮蘿蔔茸，懂得吃的會倒一點醬油在上面，泡菜雖鹹，也會蘸醬油吊吊味，也許是昔日貧窮，鹹一點可以下更多的飯。

豐富起來，可不得了，算了一算，雖然只有一小口一小口的，至少有三四十碟小菜，旅館的特色，是就地取材，北海道當然是蝦蟹，大阪附近牛肉居多，到了九州的湯布院，也拿出河豚等最高級的食材來當早餐。

重要的還是心思，東京的「安縵」早餐裝在兩個精緻的木盒之中，打開一看，三文魚也有，是一塊最肥美的，連我這個不喜歡三文魚的人也會吃它一吃。除了那十幾二十種菜之外，還有一碗味噌湯，是用高級魚的魚頭熬製，或者是新鮮的大蛤 Hamaguri，也許是細小的淺蜊 Asari，鮮得不得了，日本人還研究説淺蜊可以解酒呢。

在長野的「千壽庵」，更見細緻之處。日本早餐一定有幾片紫菜，通常是用透明膠紙包着，但也容易潮濕，一潮濕就不脆。這裏的紫菜裝進一個兩層的盒中，下面有個鐵製的兜，燒着一塊小炭，來烘焙上層鐵絲網底的紫菜，吃時還是暖的，不得不佩服他們的用心。

自助早餐也不一定是平凡的，看住甚麼旅館。北海道的「水之謌」雖是自助形式，但用料極為高級，當然有新鮮的三文魚卵，還有不會太鹹的大片明太子，山中野菜做的泡菜種類更多。最後那碗白飯是用法國名牌又厚又重的鍋，一人一鍋，煲出來的白飯一看已知是美味非凡。

用甚麼鍋來燒飯大有學問，典型的是用銅鍋，上面有個像木屐一樣的圓形木蓋蓋住，一炊一大鍋，打開木蓋已香氣撲鼻，有的還不只白飯，中間加了鰻魚、肉燥或各種野菜，就算簡簡單單地下些黑豆，也吸引人。

各種下飯的菜，我們最吃不慣的就是那一大顆紅色的酸梅了，日本人相信這顆東西可以清腸胃，非要吃一顆來清清肚子不可，但我們始終覺得太酸。我最初接觸到，是跟着家父到熱海的旅館小住，早餐也拿出酸梅來，爸爸教我這種酸梅可以一試，那一帶生產小顆的，沾上白糖吃，口感爽脆，又不太酸，吃呀吃，就吃出習慣來了。

雖然說粥是生病時吃，但去到京都的旅館，也都供應白粥，日本人吃粥的習慣是在粥上加了一種黏黐黐的醬汁，不甜又不鹹，我們還是很難接受的。

最近到東京，住的酒店多是半島，他們的早餐不在餐廳，而是在 lobby 的咖啡室，看叫西式早餐的多是日本客，外地人則愛點日式早餐，也極豐富，甚麼都有，白飯和味噌湯是任添的。

但連住幾天後就覺膩，我步行到酒店後面的有樂町站，那裏有一家「吉野家」，是我常光顧的。甚麼？跑去吃那種最大眾化的舖子幹甚麼？很多朋友批評。但是日本的「吉野家」和外地的不同，那裏是用新潟的越光米，早餐雖價廉，但很高級。先叫一客定食，有一小碟牛肉、一片明太子、一碟白菜泡菜、味噌湯和一碗白飯。當然不夠，叫多一碟牛肉的大盛，才吃得過癮，再來一塊燒三文魚、一碟韓國 Kimchi。把牛肉的汁倒入白飯中，這一頓便宜的早餐，吃得非常滿足。

旅館早餐除了飯菜之外，也會奉送甜品和水果，最豪華的是北海道那幾家高級的，夕張蜜瓜任吃，一般的夕張蜜瓜顏色是橙黃，和靜岡的綠色蜜瓜不同，而且有股怪味，但上等的夕張蜜瓜不遜靜岡生產的。

懷念的是早年的帝國酒店早餐，雖然也是自助餐形式，但用的木瓜來自夏威夷，有一陣很清香的味道，和當今水果店賣的不同。這些年來都已經變了種，大量生產，已吃不回從前的味道了。

通常的自助式早餐可以任吃，但不能打包，大阪的 Ritz Carlton 有一服務，如果沒有時間慢慢品嘗，他們可以把白飯替你加些鮭魚或酸梅捏成飯團讓你帶走，非常周到。

但說到最好吃的日本早餐，當然是你在女朋友家過夜，她一早起床替你煲的一碗白飯和一碗味噌湯，至於泡菜是不是從店裏買的，已不在乎了。

駅弁

在日本旅行的另一種樂趣，別的國家沒有的，就是他們各地的火車站便當「駅弁 Ekiben」，這個字由「駅 Eki」和「弁當 Bento」二字合併起來，而「弁當」二字，大多數人以為是日本用語，其實是從中國的「便當」傳過去的。

早在一八八五年，日本的鐵路開始加長，才夠時間在火車中進食，最初是用白飯揑成糰，上面撒點黑芝麻，用竹皮包起來，叫為「澤庵」的簡單飯盒，發展到後來的「幕之內」，已是分為兩層木製方盒子，下面那盒裝白飯，保留着撒黑芝麻的傳統，上面那層的食材就豐富了許多，裏面有塊燒魚、一塊魚餅、一塊甜蛋、一粒大酸梅、兩片蓮藕、兩片醃蘿蔔乾、一撮黑海草加甜黃豆、四五粒大蠶豆、一小撮鹹魚卵最為名貴，可以殺飯。

配着飯盒的是一小壺的清茶，茶杯為昔時不惜工本地用陶瓷燒出來，用完即棄，豪華得很，那時代不覺珍貴，現在都用塑膠，才覺它名貴，可當古董來賣了。

日本人很容易養成吃便當的習慣，那是他們對冷菜冷飯不抗拒，我們就嫌不熱不好吃了，但在日本旅行多了，也就慢慢接受，也喜歡上多元化的「駅弁」。每個地方都有特別的內容，吃久了就會愛上這種旅行中的快樂，一面看風景，一面慢慢地進食，變成一種專去尋找的情趣，久不食之，會想念的。

從前的車站停留時間長，有些甚至於可以下車去向服務員購買，隨着新幹線的發達，已經不可能預時間停留，「駅弁」只可以在便利店或者專賣店中找到，大站如東京大阪的駅弁專門店，簡直是千變萬化，想吃甚麼食材都齊全，我旅行時一買就十幾個，一樣樣慢慢欣賞。

當今在香港甚麼日本食物都有，我早就說有一天「飯糰 Onigiri」專門店會出現，繁忙又要節省的白領們會買幾個來充飢，朋友們都說我們吃不慣，但現在已有很多這種店舖，我又預言將會有「駅弁」專門店，昨天到上環，已看見了一家。

日本早在一八七二年的明治五年開始在新橋到橫濱的鐵道中賣駅弁，發展下來，日本人開的中華料理便當很受歡迎，尤其是燒賣，有很多大集團如「東華軒」、「東海軒」、「崎陽軒」最受歡迎，他們的日式燒賣肉少粉多，又加大量蒜蓉，有種特別的味道，最初我們都覺得怪，習慣了也會特地去找那種「假中華」的燒賣。

也不是只有中國人吃駅弁吃上癮，法國人也一早愛上，在二〇一六年日本鐵道公司JR老遠跑到巴黎和里昂之間的車站去開駅弁屋，生意滔滔。

為了與眾不同，形形種種的包裝盒跟着出現，新幹線車站賣的有火車形的飯盒，群馬達摩寺的高崎站的最精美，整個飯盒用陶器燒出一個瓷達摩，買來吃的人多數不肯扔掉，拎回家當紀念品。

形狀最多的是一個日式的炊飯陶鉢，上面有個像木履的蓋子，稱為「釜飯」，在一九八七年，發明了在外盒裝了生石灰的飯盒，把線一拉，水份滲入，起化學作用，產生蒸氣加熱的駅弁，當今也可以在淡路島到神戶之間的車站買到，飯的上面鋪着海鰻魚，味道還真不錯呢。

一九四一年打仗時，物質短缺，盡量節省，這時生產了鱿魚飯，在盒內裝了兩隻至三隻的鱿魚，裏面塞滿了飯，用甜醬油煮成，在函館本線森駅販賣，已成了當地著名產品，凡是有駅弁展覽會一定看得到，日本人嗜甜，極受歡迎，如果不想去那麼遠，在東京站的伊勢丹百貨公司也能買到。

當地生產甚麼，就有甚麼駅弁出現，食材豐富，售價就可以便宜，吸引很多外地來的遊客，乘東京站到山形縣的新庄站之間，有種駅弁賣米沢牛，別地方的牛肉少，這裏的蓋滿整個便當，分肉片和肉碎，用秘製的甜醬來煮，另有一個格子中裝着雞蛋、魚餅、昆布、泡菜和薑片，駅弁大賣，也在當地開了一家飲食店叫「新杵屋」，用的是新開發的米，米粒特大，很多人專程來吃。

因為保鮮，用刺身來做食材的駅弁不多，但在東京和伊豆之間的「踊子號」中，賣一種「Aji Bento」，那是鰺魚科的竹莢魚煮的，先將竹莢魚片開，用鉗子仔細地取出中間的幼骨，再用醋浸保鮮，鋪滿飯上，吃不慣的人會覺得怪怪酸酸的，又帶腥味，喜歡的人喜歡。

到了北海道，當然有海鮮弁當，其中螃蟹肉的居多，三文魚卵的也不少，但最豪華的應該是三陸鐵道中賣的海膽弁當，用特大的海膽五六個，蒸熟後鋪滿在飯上，賣的也不貴，一盒才一千四百七十円，多年不漲價，可惜產量不多，一天只做二十盒。

所有的駅弁盒上，一定貼有一張貼紙，說明產品和製造者的資料，須嚴密地控制的是食用期，在常溫之下，可以保存出廠後十四個小時。

日本文人也愛旅行，作品中多提到他們愛吃的駅弁，夏目漱石喜歡的是小鮎魚用醬油和糖煮；加一大片雞蛋，一塊魚餅，幾片蓮藕，一片紅蘿蔔，幾顆甜豆，叫「三四郎御弁當」，可惜在平成二十六年已停產。喜歡看太宰治作品的人到了津輕可以試試太宰弁當，當今還能買得到。

在日本吃魚

日本人吃肉的歷史，不過是最近這二三百年，之前只食海產，對吃魚的考究比較其他國家強，理所當然。他們吃魚的方法，分一、切。二、燒。三、炙。四、炸。五、蒸。六、炊。七、鍋。八、漬。九、締。十、炒。十一、乾。十二、燻。做法並不算是很多。

其他地方人學做日本刺身，說沒有甚麼了不起呢，切成魚片，有誰不會？但其中也有些功夫的，像切一塊金槍魚，他們要先切成像磚頭的一塊長方形，整整齊齊，再片成小塊，邊上的都不要，一般壽司店還會剁碎來包成「蛋Maki」飯糰，一流食肆是切成整齊的方塊後再切長條來包紫菜，其他的丟掉。我們學做壽司，最學不會的就是這種丟掉的精神，一有認為可惜的心態，就不高級，就有差別了。

第二種方法烤，也就是燒，最原始。不過也很講究，烤一尾秋刀魚，先把魚劏了，洗得乾乾淨淨，再用粗鹽揉之，大師傅只用粗鹽，切忌精製的細鹽。用加工過的細鹽，就少了天然的海水味。用保鮮紙包好，放在冰箱中過夜，取出後用日本清酒刷之，就能烤了，先猛火，烤四分鐘後轉弱火烤六分鐘，完成。

第三種方法叫「炙」，從前是猛火烤，當今都用噴火槍代之，這種火槍在餐具店中很容易得到。為甚麼要「炙」呢?用在甚麼魚身上呢?多數是鰹魚。因為鰹魚特別易染幼蟲，尤其是腹中，所以一定要用猛火來殺菌。步驟是洗淨後撒鹽，在常溫之下放置十分鐘，再沖水，然後用噴火槍燒魚肉表面，再放進冰箱二十分鐘後拿出來切片，這是外熟內生，這種吃法叫為Tataki。

第四種叫炸，所謂炸，只是把生變為熟，溫度恰好，不能炸得太久，所以只限用較小的魚，而且是白色肉的，味較淡的魚，油炸之前餵了麵粉，吃時蘸天婦羅特有的醬汁，是用魚骨熬成。

第五種叫蒸，但日本人所謂的蒸只是煮魚煮蛋時上蓋而已，並非廣東式的清蒸。

第六的炊，也就是用砂鍋炮製，多數是指米飯上面放上一整尾的魚，除了鮑魚或八爪魚之外，多數用鱲魚，日本人叫為鯛的。把白米洗淨，浸水三十分鐘，水滾，轉弱火炊七分鐘，再焗十五分鐘。焗時水份已乾，就可以把整尾抹上了鹽的鱲魚鋪在上面，用一大把新鮮的花椒撒在上面，開大火，再焗五分鐘，即成，一鍋又香又簡單的鱲魚飯就大功告成。當然，如果用我們的黃腳鱲，脂肪多，一定更甜更香的。

第七的鍋，就是我們的海鮮火鍋，日本人並不把海鮮一樣樣放進去涮，而是把所有的食材一大鍋煮熟來吃，叫為「寄世鍋」，湯底用木魚熬，除了魚，也放生蠔和其他海產，當然可加蔬菜和豆腐。

第八的漬和第九的締有點相同。著名的「西京漬」，味道較淡的魚，加酒粕和味噌以及甘酒來漬，放冰箱三小時，取出，紙巾抹乾淨，裝進一個食物膠袋揉，最後放在炭上烤。至於「締」，則是把魚放在一大片昆布上面，再鋪一片昆布，讓昆布的味道滲進去魚肉中，才切片吃刺身。

這個「締」字，與把活魚的頸後神經切斷，再放血的「締」又不同，他們講究活魚經過這個過程處理會更好吃，不過我認為這有點矯枉過正，吃刺身時也許有點分別，做起菜來就可免了吧。

第十的炒，日本人沒有所謂的「鑊氣」，他們的炒魚是指把魚做為魚鬆，多數是將三文魚和鱈魚蒸熟了，去皮去骨，浸在水中揉碎，用紙巾吸乾水份，再放進鍋中加醬油炒之，炒至成為魚鬆為止。

第十一的乾，就是我們的曬鹹魚了，下大量的鹽，長時間曬之，也純只曬過夜，叫「一日乾」。

第十二的燻，是近年的做法，日本從前只製乾魚，很少像歐洲人一樣吃煙燻的，當今，已發明了一個血滴子般的透明罩，把煮熟的海鮮罩住，另用一管膠筒將煙噴進去，不像中國人，早就會在鍋底燻茶葉，蓋上鍋蓋做煙燻魚。

當今各國的野生海產越來越少，只有日本人學會保護，嚴守禁漁期，維持有吃不完的野生海鮮。當然，他們的養殖和進口魚類是佔市場一大部份的。

在日本吃魚真幸福，如果倪匡兄肯跟我去旅行，可以在大阪的黑門市場附近買間公寓，天天吃當天捕捉的各種野生魚，而且算起港幣，便宜得要命，他老兄要吃多少都行。

也不必像香港大師傅那麼來蒸魚了，買一個電器的鍋子，放在餐桌上，加日本酒、醬油和一點點的糖，再把黑喉、喜知次等在香港覺得貴得要命的魚，一尾尾洗乾淨了放進鍋中。

魚肚的肉最薄最先熟，就先吃它。喝酒。再看那一個部份熟了吃那一個部份。

一尾吃完再放另一尾進去，吃到天明。

真面目

「大丈夫」（Daijyobu），意思是說不要緊，日語的「真面目」（Majime），並非照字面解釋，說的是認真。

最喜歡日本人的這種做事態度，他們凡事追求做得更好，非常之認真，一認真，就能往完美的方向去走，是條大道，實在值得學習。

舉一個實例，六十年代我在日本生活，經常在新宿夜遊，車站的東口，有條柳小路，晚上就出現一檔小販，推着車子，吹着喇叭，在賣拉麵。空着肚子喝酒，較易醉，酒後，才去吃最便宜的拉麵，是窮苦學生的生活方式。

好一個大碗，裏面的麵條上鋪着一些乾筍、幾塊全是粉的魚餅、一片海苔，就此而已。

喝了一口湯，甚麼是湯？根本就是醬油水，連味精也不肯多放一點。麵條又硬又無味，天下最難吃的東西，就是這碗拉麵了！

經過了這數十年的精益求精，湯底用大量的豬骨雞骨去熬，再加海帶、洋葱、包心菜、紅蘿蔔，湯愈來愈濃，最後還加了煎過的鱲魚猛火滾成奶白色。麵條也學會用鹼水，富有彈性，再加大量雞蛋令色澤鮮黃，鋪在上面的，更有半肥瘦的滷豬肉，他們誤稱為叉燒的，半個溏心熏蛋，豪華起來，更有螃蟹肉、帶子等等。

一碗完美的拉麵形成了，變為他們的國食，輸出到其他地方，影響別人的飲食習慣。

咖喱飯也是，最初叫為爪哇咖喱，一味加糖，甜得要命，最後演變出各類香料，又加牛肉和海鮮，也是他們家庭必然出現的菜式了。

如果不加以精究，那麼就死守。一家老店，可以一兩百年都有一定的水準，就比進步更難了。京都有家叫「大市」的，任何時候去吃，都和幾十年前的味道一模一樣，幾塊水魚肉，長時間燉了出來，那口湯，一喝一生忘不了，再帶兒子孫子去，他們又帶兒子孫子，一代傳一代，還是那麼好吃。

日本人開店之前，就在門口掛上一條布簾，畫着店的記號，叫為Noren，他們的信仰不是甚麼宗教，而是怎麼將這塊Noren傳宗接代。

不單店名，人物也是，像他們的歌舞伎演員，成名之後，最好是把兒子培養來承繼。但是兒女不成材的話，就得在弟子之中選出一個優秀的，把演技全盤教授，等到可以學得一模一樣的時候，就把名字交了給他，叫為「襲名」，讓這門技藝不會消失。

任何行業都能這麼做，但並不是每一種都那麼光彩，這不要緊，連脫衣舞，他們也認真地去學習，當成一門藝術來研究。我認識的一位大學的後輩，叫一條小百合，已是第二代了。

早些時候遇到她，問說有沒有傳人，她搖搖頭，感嘆地回答找到一些年輕的，雖然都還跳得不錯，但皮肉之苦還是受不住，表演不了用蠟燭淚燙身的絕技，不過還會不斷尋找和教導，希望一條小百合這個藝名不會停止在她身上。為此，她寫了多本著作，將學到的一切用文字記載，這一代不行，也許願能夠隔代相傳。

傳統，也需要人民的素質來支援，代價更不可缺乏，一條小百合如果再肯出來表演，她一場的收入是可觀的。一切有藝術價值的東西，都有豐富的酬勞，像一對筷子，做得出色的話是兩三千塊港幣才能買得到的。有人肯出這個價錢嗎？有，在他們的社會中總會有些人懂得欣賞。就算不是為了錢，也有人認為這一生，如何能從平平庸庸之中突圍，變成一個死去之後還有人記得的人呢？

為了這一點，還有許多鄉下小伙子慕名來拜師，學徒制度還是存在的，還是有父母願意將小孩交給一個大師，學到傍身的一技。

也有很多是誤打誤撞的，起初認為是平平無奇的一份工作，做了之後，從他們的上司或前輩學到他們認真的態度，受到了感染，而自己也願意追隨他們的足跡，認真把工作當為終身事業。

最好的例子，就是《編舟記》這本小說，改為電影之後，香港的譯名是《字裏人間》，是從一個編輯字典的枯燥題材而演變為一個深奧又感人的故事，這麼一本小字典，花了十五年的工夫，還不斷地新增字彙，最具代表日本人做事認真的態度。

前幾年得獎的片子叫《禮儀師之奏鳴曲》，也是一樣，就算一種令人厭惡的埋葬死人的行業，也總想去做得最好。

我每每稱讚日本人，就有些腦殘來罵我，像去過日本留學，就是漢奸。那麼，魯迅不也是漢奸嗎？郁達夫不也是漢奸嗎？連受人尊敬的弘一法師也是漢奸了嗎？

日本的壞處，我照樣批評，他們的小器，他們的軍國主義，都是最要不得。

三島由紀夫的書寫得好，但他有很深的軍國主義遺毒，也是我最痛恨的；他們到現在還不肯承認南京大屠殺，還抵賴慰安婦的事實，抵賴得非常徹底，連他們的首相安倍也出來抵賴。是的，他們對歷史的抵賴，也做得很真面目。

大阪商人

京都是日本從前的政治與文化的中心，但自古以來，做生意做得最厲害的，是它旁邊的大阪。

而商人這個階級，是當時社會上中低級的，他們永遠向別人低頭擺尾，滿口諛言，也只有扮成這樣，才能生存得下去。別人明明知道這個笑容是假的，也接受了下來，這是大阪商人的面具，像個無表情的能劇演員，只能在木頭面具下偷窺他們的喜怒哀樂。

但一般人怎麼會去與這些低等動物交往，理由很簡單，我們得向他們買東西呀。

昔時，商店只在大阪繁華街中看得到，旅行不發達的當年，你不能來店，他們就把店搬到你們家裏去，商人將應有盡有的貨物打成包袱，背在身上到府上敲門。

每個季節總是定期而來，來時送點小禮物，不管你買或不買。如果他身上沒有你要的東西，只要交代一句，他便會千方百計地為你找到，不從中取利。

大阪商人要讓你做他們終身的朋友，也可以說要賺你一輩子的錢，這是他們的精神。

從歷史小說和電影中，我知道有這麼的人物存在，但從來沒有見過，當今的購物只限於百貨公司，繁華街上的商舖，或住的附近的便利店，有地方，沒有面孔。

大概在二十年前吧，我很偶然地走進一家賣寢具的舖子，在心齋橋，叫「西川（NISHI KAWA）」，買了一個枕頭，而招呼我的，正是店長川端（KAWABATA）先生。

只是一個枕頭罷了，川端仔細地介紹他店裏的貨物，並講解他們店的歷史。

「西川的總店開在京都，大阪的是分行。」他說。

「開了多少年？」

「好幾百年了。」川端回答的年數模糊，因為他知道我們不是歷史研究家，也不必詳述來浪費客人的時間。

「在京都，這種百年老店很多吧？有沒有幾百家？」

他搖頭。幾十？也搖頭，十幾？他點頭了，笑着補充：「餐廳除外。」

「還有甚麼新產品？」

「新的不多，老的只有一件，那就是我們賣的已不是貨物，是種精神，我們賣日本人追求的優質生活。與睡覺和出浴有關的，像床、枕頭、被單、套子、睡衣、浴袍、座墊、等等等等，日本產的。外國製作的，只要是最好，最高級的話，西川都有得賣。」

「為甚麼你們只賣最好的呢？便宜又得合用，不就行嗎？為甚麼要花那麼多錢？」

「也行。」川端說：「追求活得一天比一天更好，是人類的基本要求，一般的貨物別的商店中可以找到，但有一天你追求更好一點，只要看過我們的東西一次，就永遠會記得。」

而我記得的，是一張被，用的是西伯利亞雪雁頸項的絨毛堆積而成，縫在京都匠人紡織的絲綢裏面，輕輕一掀，就像浮雲一樣飄了起來。

「可以用更少的絨毛，香港的冬天冷起來並不厲害，人高，訂做成更輕更薄更大的被單吧！」

價錢是令人咋舌的，撫摸了良久，終於放下，後來又去心齋橋數次，每回都走過「西川」，到店裏頭看看，買不成，川端照樣當你朋友：「要買其他甚麼東西嗎？找不到的話問我好了，到底，我在這裏賣東西，賣了幾十年。」

慢慢看，還看到不少好東西，利馬的國寶 Vicuna 手織的被，問川端說：「那不是專賣給意大利的 Loro Piana 嗎？」

「國家政府也只配給我們兩家，Loro Piana 和西川可以拿到貨。」川端解釋。人生很大部份時間花在睡眠上，我也不吝嗇了，一次，大手筆地訂做了那張絨毛被，果然，正如川端所說，再冷的天氣，蓋了也會冒汗。

過了不久，川端帶了小禮物跑來香港看我，日本人說的打招呼 Aisatsu，我問他說：「香港人，有多少個買了你們的東西？」

「只有您一位。」

「一個人公司也讓你來？」

「我向公司報告過，老闆說這是一個好的開始。」

之後，他來香港的次數愈來愈多，我也常到大阪，每逢到了水蜜桃的季節都會前往一次，川端也不會來問我幾時到，直接和我的秘書聯絡上，我抵達大阪酒店時，川端總會笑着等待。沒時間的話，見一見面也好，他說。

「你在這一行多少年了？」

「四十年，二十幾歲當學徒，從來沒換過工作，我還是贊成學徒制的。學徒制學到的第一件事，就是尊重客人。當然，有眼光、有品味的客人，更值得尊重。」高帽又一頂頂免費奉送，教我如何不折服這種叫大阪商人的人物？是的，我們的交往將會是一生一世的。

關於日本茶的二三事

初嘗日本茶，發現有點腥味，不覺得太好喝。一住下來，便是八年，對日本茶有點認識，現在與各位分享：

日本茶分成一、抹茶 Matcha。二、煎茶 Sencha。三、番茶 Bancha，和四、玉露 Gyokuro。

在日本，茶樹經多年改良，苦澀味減少，採下之後即刻用蒸氣殺菌消毒，不經揉捻，直接放進焙爐烘乾，然後放進冷庫，提高葡萄糖成份。

提出之後切割成小塊，放入石磨碾成茶粉，便是抹茶了，當然根據幼細度、香氣和顏色，分成不同等級及價錢。

我們一直以為抹茶是日本獨有的，其實日本的茶道，完全是抄足唐朝陸羽的《茶經》，一成不變，各位有空到西安的法門寺一走，便可以看到種種出土的抹茶道具，和日本當今用的一模一樣，所以如果我們說學習日本茶道，會被人笑話的。

一、抹茶的喝法（以一人計）是取一茶匙，或正確一點，用兩克的茶粉，再用二安士，相等於六十毫升的水，在八十度的熱度之下沖泡十五秒，便可以喝了。

如果依足茶道，便是取了茶粉，放入碗中，加熱水，用茶籤（像刷子的竹器），花十五秒時間打勻。仔細一點，茶粉要用茶漉，是種茶篩，來隔掉茶粉結成一團的粒子。

但是一般家庭喝抹茶，取一茶匙入杯，沖不太燙的滾水，便可以喝了，壽司店給你喝的，也是這種做法。

二、煎茶是日本茶中最普通的，準備一個人到三個人喝的，用十克茶葉，放進茶壺，沖二百一十毫升，約七安士的八十度水，浸個六十秒就行。

煎茶的製法是採取茶葉後，經熏蒸，然後將茶葉揉捻，再烘焙而成，煎茶外觀翡翠青綠，口感甘甜，略有澀味，是最受歡迎的日本茶，對茶葉的要求不高，製作方法也簡單。

三、番茶是一個廣義的稱呼，中間包括烘煎茶 Hojicha、玄米茶 Genmaicha 和若柳 Wakayanagi。

Hojicha 是製茶技術之一種，目的是去掉茶葉中的水份，提高香味和保存效果，顏色褐色，用的是茶葉，若用茶莖，則稱之為焙煎茶 Kuki Hojicha。

焙煎茶隨意輕鬆，不分季節，日常飲用，沖泡之前放進微波爐中一叮，更突出茶味，也可以用來玩，在一個香薰器具中放了煎茶，下面點蠟燭，便有陣陣香味，很自然，比精油自然得多。

正式的泡法是用兩茶匙茶葉，二百四十毫升或八安士的水，在最滾的一百度下沖泡三十秒鐘，即成。

玄米茶 Genmaicha 則是日本獨有的，綠茶中混合了烘焙過的糙米，沖泡後有綠茶香氣，也有米香。像中國人喝香片一樣，不愛喝的，不當茶。

最後要說的是玉露了，我初到京都，就去了「一保堂」。

地址：京都中京區寺町二條上，常盤木町五十二番地

電話：+81-75-211-3421

網址：http://www.ippodo-tea.co.jp/shop/kyoto.html

這家在一七一七年創業的老茶舖中，我們可以喝到一杯完美的玉露茶。甚麼叫玉露？是在採收前一個月搭棚覆蓋，避免陽光直射的茶，只採新葉，乾燥及揉

捻後製成，沖泡玉露是用低溫水，正式是六十度，有些甚至低到四十度。

第一回在「一保堂」本店喝，座上有個鐵瓶，滾了水，用竹勺取出。怎麼樣才知道已降溫至四十度呢？先把滾水沖進第一個杯，再轉第二個杯，最後轉第三個杯，便可以裝入放了十克茶葉的茶壺中，第一泡等九十秒就可以喝，第二泡，不必等，換了三次杯後直接沖入茶壺，即喝。

第一口玉露，喝進嘴中，即刻感覺到這哪像茶？簡直是湯嘛！玉露一點也不澀，有海苔的香氣，金色碧綠，含有大量的茶酚，異常美味，從此便上了玉露的癮。

玉露是當今賣得最貴的日本茶，「一保堂」出品的以精美的茶罐裝着，外面那張包裝紙，是用宋體木板印刷出來，是陸羽的《茶經》，美到可以裱起來掛於牆上。

當今我在家裏除了日常喝濃如墨汁的熟普之外，就是喝玉露了。

玉露有個特點，不止不用高溫泡之，還可以用冷泡呢，通常我是抓了三小撮的玉露，放進茶盅，再以 Evian 礦泉水冷泡，等個兩三分鐘，便可以倒出來喝了，效果比低溫更佳，我當今都是用冷泡的，君若一試，便知其美味。

至於日本茶的基本，有很多人的觀念還是錯誤的。

購入日本茶葉之後，最好是在開封後三個星期之內喝完，超過了味道就遜色，再放久，簡直不能入口，若不能於三週內喝完，要放冰箱。

最重要的是，玉露非常乾淨，又無農藥，第一泡不需倒掉。

至於日本茶道，那是一種修心養性的事，我們這些都市大忙人，偶爾看人家表演一下就可以——唐朝之後，茶道雖然是中國人發明的，也不肯為之了。

深夜食堂

日本的漫畫《深夜食堂》大受歡迎，不但書本暢銷，改編成電視劇也一集集地拍下去，電影版很成功，捲起了一陣熱潮。

「介紹一家和深夜食堂一樣的東京小館子給我吧。」朋友常問我。

真的不知道怎麼推薦，首先，這一類的食肆，只做常客，陌生人走了進去，店主多數不理不睬。別誤會，他們不是沒有禮貌，而是不知如何對應，去那裏的客人多數有甚麼吃甚麼，不太有要求，向着一個不熟悉的，老闆不懂得招呼，也就沒有表情了。

而且，最重要的還是溝通問題，如果不會講日語，不懂外語的店主會覺得很尷尬，也很自卑，這是一般日本人的心理。

怎麼連幾句英文都不會說？當然不會了，你看這故事的主人翁，臉上有一道很深的疤痕，這都是象徵他是黑社會 Yakuza 出身的。此等人想改邪歸正，又沒甚麼求生本能，就開間小館維持生計。

劇本中有很多小故事，但都沒談到店主本人的出身，他們都是沉默的，不想透露以往的舊事，也不想別人追問，所以情節裏從來沒講到他的背景，這是對人物的尊重。如果有的話，也一定是一段動人的故事，留待作者在完結篇時敍述吧。

有了黑社會背景，這些人在新宿、涉谷等較為複雜的地區內開店，也沒有人敢來打擾。雖說日本黑社會已轉做正行，也有變相的敲詐，像如果你賣的是拉麵，那麼他們會推銷以低價買入，高價賣出的麵條，或其他食材等等，當個小販，日子也不容易過的。

「那當地人又怎麼去找這些深夜食堂呢？」友人又問：「你在日本住過一段時期，一定知道答案。」

靠的都是口碑，一個介紹一個，日本人喜歡向人介紹小店，為了炫耀自己也知道這麼一家旁人不會去的。

我在日本生活時當然也經常光顧，那時候年輕，不怕晚，不想回家，精力充沛。日本人的飲食習慣是喝酒的時候喝酒，吃飯的時候吃飯，通常收工後就會約埋一班同事，找個便宜的餐館喝個痛快，不然就是應酬了。

當年正是經濟起飛的年代，公司有應酬費，可以扣稅。所有職員，尤其是做生意的，一定要應酬，每一個月，把一堆收據呈上去，上司才知道你勤力，一張收據也沒有，那會被炒魷魚。

有了這個扣稅的制度後，晚市興旺，夜夜笙歌，我當然被很多公司的人請客，大吃大喝，吃飯時不吃飽，喝完酒便覺肚子餓，報不了稅的就到街邊去吃一碗便宜的拉麵，可以報稅的，又去這些小館流連。日本人叫這一行為「水商費」，水的生意的意思，包括了餐廳、小館、酒吧和高級的藝伎屋，都可以報稅，等於是政府請客，維持了一大班人的生計，當今經濟蕭條，應酬費已不能報稅了，令這一行業大為衰退。

話說回深夜食堂，吃的是些甚麼？就算是好吃，日本人也稱為「B級Gurume」，次等美食的意思。所以絕對沒有甚麼豪華的食材，小店老闆見有甚麼最便宜的就用甚麼，多數是可以冷藏的，不會隔天就變得不新鮮的東西。

在深夜食堂中出現的都是一般的家常菜式，客人多數沒有媽媽煮飯，能嘗到家庭菜，也十分感動。舉個例子，節目中一定會做的是Omuraisu，那就是蛋包飯了，做法是分兩個鍋，一個打蛋漿上去，轉了又轉，燒成一層蛋皮，另一個鍋把冷飯放進去，下一些青豆之類的蔬菜，或一些香腸之類的肉類，加大量的番茄醬，炒得通紅，放進蛋皮一包，就是蛋包飯了。

好吃嗎？初次嘗試，覺得甜得要命，蔬菜少，肉也少，用的米當然不是甚麼新潟的越光，我那年代是進口緬甸的，稱為外米，用火來炊飯，當然沒那麼好吃。

吃慣了就喜歡，當年我最討厭的是甚麼蕎麥麵、天津丼、炸蝦或豬肝炒韭菜等，現在回想，變成了米芝蓮三星廚師出品。人，真是賤呀。

最近，這個節目的版權賣了給Netflix，也拍成台灣的中國版本，我沒有機會看到，但在大陸播映，給觀眾大罵特罵，理由有點不公平。

批評的是節目內有很多植入廣告商品，這也怪不得製片人和導演呀，他們也不想，如果大陸人要罵的話，那麼罵馮小剛的作品吧，他有一部叫《大腕》的，還專門以此做文章呢。

《深夜食堂》講的是人情，至於食物，這節目很巧妙地把出現的人物想吃的東西，仔細把做法重現一次。如果想看有甚麼小吃，那麼去看另一齣《孤獨的美食家》好了。

凡是成功的飲食電影或電視劇，還是要靠人情味，而把它湊合得好的，只有

《飲食男女》和《芭比的歡宴》。香港版的《深夜食堂》是一部低成本的電視劇，和《權力的遊戲》無得比，已經盡力去拍了，也應該對它寬容一點吧。

錢湯

日子容易過了，大家都到日本觀光，住酒店，不會到公眾澡堂子沖涼。我去時是個窮學生，租的房子有個洗手間，已算是高級，一般的廁所都沒有，要洗澡時，只有去「錢湯」。

早年到處都有，當今已罕見了，但想試生活在日本的情懷，總得找個機會到錢湯去浸它一浸。

別誤會，這絕對不是甚麼溫泉。錢湯的建築從遠處就可見到，因為它有個高煙囱，熱水都是燒出來的，不含甚麼礦物質。不過當年的日本，用的都是地下水，可以直接飲用，非常乾淨的。

我住過的地方叫大久保，要洗澡時可去車站附近的錢湯，或走路到東中野，也有一家。夏天當是散步，穿着浴衣上街被涼風一吹的感覺不錯。到了天冷，就得披上厚衣服，瑟瑟縮縮地快步衝進浴室了。

通常拿着一個籃子或一個自家用的塑膠水桶，裏面裝有肥皂、大小毛巾、剃刀之類，那時洗頭水還是奢侈品的年代，都只用肥皂。

錢湯的入口有一定的形狀，那是一種叫「唐破風」的格式，屋頂中央凸起，兩側向下彎，成為弓形的建築，在唐朝很盛行，到了宋代就沒落了，日本還是一直保留着，很多建築物中能夠見到。

把木屐除下走了進去，先付個二十円的收費，旁邊有一排一格格的小櫃子，鎖匙是用木塊做的，一按門就開了，把衣服和貴重東西放在裏面，脱光拿着那個塑膠桶走進浴池。

入口處當然分男女，男的叫男湯，女的叫女湯，日本所有熱水都叫湯，其實這是中國古字。中間用一大塊木板隔住，木板高處有一個叫「番台」的座位，那是給管理員坐的，管理員可有男的，也有女的，日本人習以為常，也不覺得給異性看到有甚麼不妥，一般坐在番台上的是錢湯的老闆或老闆娘。

入浴之前先得把身體洗淨，那是一排排的水喉，前面有塊鏡子，用不慣花灑的老日本人，先擰龍頭，把冷熱水調好後往身上倒。

之前先用小毛巾把帶去的肥皂往毛巾上塗，然後用它來擦身體。大人小孩一塊去錢湯，大人擦不到背部，就叫兒子代勞，這種風俗很溫馨，可以減少兩代人之間的隔膜，這是日本文化的好處。

肥皂擦完就拼命用水往身上沖去，那不是惜水的年代，沒甚麼環不環保的，沖個乾乾淨淨之後，才能走進池子浸，名副其實的「泡湯」，當今台灣人還是那麼叫的。

池子牆上，多數用小石砌成的圖案，一般都是富士山風景。沒錢砌小石子的，就請人畫在石牆上，也是富士山。池子分冷水的，和很熱的，年輕人膽大，去泡冰水，上了年紀的就不幹了，直接泡熱湯。

擔心熱氣直通上頭，日本人入浴時喜歡把小毛巾浸在冷水中，擰個半乾，放在頭上，就在池中浸個老半天也不出來，外國人不習慣，一下子就熱到昏頭昏腦。

如嫌累贅不帶那麼多東西入浴的話，可向「番台」買一套用品，裏面有小毛巾、肥皂和一小袋洗頭水。坐在「番台」上的老闆或老闆娘的另外一個任務，是和浸浴的客人打交道，説説家常，因為都是熟客。

舊時的錢湯，只隔一板，男的可以聽到女方或相反，對方在八卦私隱時，就會開口大罵。有時忘記了帶肥皂，便叫丈夫或太太丟過來，扔不準，便打到別人頭上。

出了一身汗，從池子爬出來後，第一個想到就是喝一杯冰冷的啤酒，這也解釋為甚麼啤酒在日本特別流行的原因，夏天太熱了大叫口渴死了，冬天又叫乾死了，任何時候，都要來一口啤酒。

入喉時，便會聽到「沙」的一聲，很奇特的感覺，這種樂趣，是泡湯後最高的享受。

不可以喝酒的小孩子，浸完也特別口乾，這時他們會投入錢幣買一瓶冰凍的牛奶，通常覺得紙包裝的不好喝，一定要玻璃瓶的「明治」或「森永」，各個地區也有他們當地的，有「大山」、「北川」等等。

牛奶分純牛乳、咖啡牛奶或果汁牛乳，以六十五度、三十分鐘的低溫殺菌，故能保持牛乳的香味，特別好喝，可以喝個不停，一瓶又一瓶，喝到拉肚子為止。

怎麼浸，身體還是有些地方洗不到，這時不去錢湯而到「人間船埠 Ningen Dock」去了，那裏面有一群的大肥婆，用毛巾或刷子拼命地搓掉你身上的老泥，成為一條條，落到地上，還要指出給你看，她們才過癮，這些人間船埠從前在築地或東京車站都有，當今已經不見蹤迹了。

如果你對錢湯有興趣的話，現存的在東京台東區有「燕湯」，大田還有「明神湯」，都北區有「稻荷湯」，在你入宿的酒店禮賓部問一問，就知道地址，不妨一試。

Tokyu Hands

有些日本店，走進去就是出不來，像賣文具的「伊東屋」，一共七層，每個角落的貨色都深深地吸引着我。

比「伊東屋」更大更齊全的是「Tokyu Hands」，第一間開在澀谷，後來全國都有分店。現在最具規模的是大阪心齋橋，一九九九年三月十二日開張。

這一天我剛好趕上，跑去湊熱鬧。一看，哇，不得了，分了九層，地牢一樓是遊戲用品、紙牌、拼圖、蠟燭、喬裝和魔術。戶外玩樂的旅行包、運動器具、單車及零件、購物載物手拉車等等。

地下一樓是雜貨，玩具、打火機、鐘錶、鎖匙釦、包裝紙、綢帶、禮品盒、卡片、明信片和鏡框。

二樓專買廚房用具：菜刀、鍋、餐具、酒吧用具、調味料，甚至到大師傅的帽子和圍裙，還有個咖啡店讓客人歇歇腳。

三樓有浴室及衛生間用品，毛巾、牙刷、肥皂、花灑布簾、健康測量器，沐浴香料、衣架、櫥櫃、傘桶、鞋架、洗滌用品，熨衣用具。

四樓賣家具，現陳的或是讓客人自己組合的，像那個柚木書架，非買不可，牆紙和瓷磚，床上用品包括被單、枕頭、靠墊和睡衣。

五樓賣道具和工具，手搖的或電動的兼備，工具箱、測量器、梯、螺絲、釘、栓子、鉤、防盜用具、電器有各種大小燈泡、音響影像，還有園藝用品。

六樓以木材為主，各種木頭，天然的或人造的，塗料、黏接劑和水道用品，栓、排水工具、淨水器、軟管等。

七樓賣紙和模型、寵物用品、設計用品和店舖用品、畫畫材料、黏土、雕刻、書法，無不齊全。發票機、保險箱、招牌、菜單皮套、食物模型。

八樓是文具部：電腦、筆記簿、剪刀、漿糊、釘書器、貼紙、印章、公事包、文件籃，想到甚麼有甚麼。

最主要的是，每件貨都有品味。

Tokyu Hands 喊的口號是「生活用具藝術化」，它的標誌是一隻木頭刻出來的手，握着一根骨頭，代表人類最原始的工具。

這公司鼓勵大家使用對人生有幫助的器具。每一年，他們舉辦一個大賽，鉅額獎金由首三名分享，只要你發明一件令人能在生活更方便，更有美感的東西，便能得獎。該公司還會將它商品化，得到的版權稅交還發明人，累積起來，也不是一個小數目。

在大阪的這家新店東西最多，設備也最完善，還包括了幾個小型工廠，替顧客鋸木或磨鐵。比方說你在旅行中看到一塊奇形怪狀的原木，他們便為你鋸成幾片，釘上腳，變成一套小櫈子。

有一位好友的太太到處找刮舌苔的器具，我跑到店裏，一看，至少有數十種大小不同的設計，馬上買下。

又為蘇美璐去找一種絕了種的水彩顏色，店中不出售，但店員拼命地替我追索該老店的地址和電話。那種工作態度，近乎感人。

在顏料部中，我看到會發亮的磷光漆，就各種顏色買了一罐，經理跑了出來問我買這些顏料幹甚麼？我回答說是用來畫領帶，他即刻認為這是一個好主意，問我有沒有興趣為他們開一堂課。

每天，店裏舉辦入門講座，有皮革打花班、戒指製作班、印章雕刻班、食物模型製造班等等等，數之不盡，各星期都有變化。除材料費之外，每個課程的收費也不貴，約一百二十塊港幣。

我因為半夜起身要看已經幾點，在漆黑中見不到鐘，開燈又刺眼，一直找不到一個理想的夜光鐘，只好自製，跑到時鐘部去，該公司出售鐘肉，又賣數十種不同的時分秒指針手，供我組合。

不想自己動手的話，只要出主意就行，像要一個煙灰碟，指示店裏你喜歡的形狀，他們便會替你用陶或瓷燒出來，科技化的，他們擁有一個鐳射機，為客人製造精細的花紋和文字。

令我最感興趣的是佛像的雕刻，從木頭到刻刀，無一不全，還將雕製過程一步步地用許多木塊展示出來。

修理部中出現了已經消失的匠人，換傘骨、修補衣服和配收音機的光管，總之有甚麼東西和工具壞了，他們都想盡方法為你修理。

這次我們去吃打邊爐，侍者忙不過來，不能為我們點火，我從口袋拿出一個打火機，打着了，用力一按，那根燒着火焰的鐵管便伸長出來，深入鍋底，不會燒燙手，朋友看了大叫好用，也問我去哪裏找到？當然又是這家店的古怪主意。

一進門口，便有一個汽車的殼，上百種零件，最後是四個輪子，如果你要自製一輛汽車，也辦得到。

我現在明白女人為甚麼可以在一家百貨公司走一整天，要是我逐件東西看，在 Tokyu Hands，一個星期也不夠花。

賞櫻去處

日本全國植櫻，觀賞的地方無數。在任何一個都市的公園裏就能看到，但櫻花怒放的期間很難算準，只能定在三月下旬到四月初這一段期間去，甚麼地方開得最美，就直接前往，從南部的九州到北部的北海道，一路尋找，這就是所謂的「追櫻」了。

也不一定要花費巨款，年輕時沒錢，乘坐鄉下火車，價錢合理到極點，吃些地道便當，晚上找個民宿下榻，晝夜看不完。

《Sarai》雜誌提供很完整的參考資料：從熊本站坐到宮地站，全程五十分鐘左右，乘車券七百四十円，要舒服點買張一千三百三十円的指定席，可以一早預訂，一路都可以看到櫻花。

櫻花當然是多才美，但有時單看一棵也不錯。在南阿鮮鐵道中松站下車，走十五分鐘的路，就能看到一棵二十一米乘二十六米的大樹，叫「一心行大櫻」，整棵樹看不到葉子，只見花、花、花，花個一生，也數不完的花瓣，讓你感嘆大自然的奇蹟，襯托着粉紅色花的，是前面一片黃色的油菜花，簡直是完美。

回程在熊本市內，可以找到一家叫「菅乃屋」（Suganoya）吃飯，也和櫻花有關，日本人把馬肉叫為「櫻肉」，是家馬肉專門店。這裏可以吃到馬肉刺身，也有馬心臟等內臟，另外有馬腩等部份，用來打邊爐，十分之美味。洋人覺得吃馬肉十分野蠻，香港人愛跑馬，也不吃，我總覺得牛羊可吃的話，馬肉也能試試。價錢很合理，一人份只要四千六百円。

地址：熊本市中央區下通 1-9-10

電話：+81-96-312-3618

營業時間：只在週末和假期中午營業，平日從晚上六點開到午夜十二點。

離開東京不遠的山口縣，有輛從岩國站坐到錦町站的賞櫻火車，有時只有一卡，有時兩卡連接，車身畫着粉紅櫻花，全程一小時十分，車費只是一千一百五十円。除了兩岸櫻花之外，保川溪流也十分之清亮，一面坐車，一面吃當地著名的「保川清流驛便當」，裏面有各種不同做法的蓮藕、燒魚、泡菜和魚壽司，才賣一千円。

山口縣的岩國市內，有個杏香公園，這裏的錦帶橋是日本名勝之一，幾個大石甍上架着古老的木橋，是岩國藩的第二代藩主吉川廣嘉所建，他一直仰慕中國文化，橋是根據杭州西湖公園的橋樑而設計的，也值得一看。

若想前往，可向錦川鐵道錦町驛詢問。

電話：+81-827-72-2002

到了四月中旬至下旬，就要去天氣較為清涼的和歌山了。和歌山就在大阪附近，這裏有輛櫻花觀賞特別線，叫為「天空」，車程四十五分鐘，乘車費四百四十円，指定席五百一十円，從橋本站坐到極樂橋站，在那裏再乘吊車，就能直上高野山，高野山為日本密宗聚集地，參天的巨木和古老的寺廟看個不完，當然途中的櫻花更美。

這裏有高野山真言宗的別格寺，在清淨心院中有棵大得不得了的櫻花樹，叫為「傘櫻」。若想前往，資料如下：

地址：和歌山縣伊都郡高野町高野山 566 番地

電話：+81-736-56-2006

另帶一提，那裏的芝蔴野葛豆腐非常好吃，口感如絲如錦，可在「角邊胡麻豆腐總店舖」買到。

地址：和歌山縣伊都郡高野町大字高野山 262

電話：+81-736-56-2336

如果想在同時看到白色、粉紅色和鮮紅色的花朵，那就得去群馬縣，從東京去群馬也不遠，在那裏有條 Watara 溪谷線，從桐生站坐到間藤站，全程一小時三十分鐘，車費一千一百円。為甚麼有這三種顏色，是因為除了櫻花之外，還夾着桃花，那裏也有許多溫泉旅館，可以一面賞櫻一面浸露天溫泉。

附近的赤城西面，有「千本櫻」，當然不只一千棵樹木，是「日本櫻花名所百選」之一，再走遠一點，有「Miyagi 千本櫻之森」，約有十五萬株的櫻花。

離東京更近的是山形縣，這裏有條山形鐵路長井線，從赤湯站坐到荒砥站，大約一小時，車費不到一千円。

鐵路兩旁有樹齡五百年以上的櫻花，左右邊的花朵連接成「櫻花迴廊」，再走遠一點可看到伊佐澤的久保櫻，樹齡更老，有一千二百年，是國家天然紀念物，晚上有燈光照亮，可向長井觀光站詢問。

地址：山形縣長井市上伊佐澤二〇二一

電話：+81-238-88-5279

不想去太遠，東京周圍的高尾山就有許多名櫻和古刹，乘坐都靈荒川線，從三之輪橋到早稻田，車程五十六分鐘，車費一百七十円，那裏的「飛馬山公園」裏的櫻花也看不完。

甚麼車都不坐，那麼可以去東京都內的「靖國神社」，那裏的櫻花是整個東京都最多最茂盛的。

我們是去看日本的美好，同時，我們也不會忘記靖國神社就是一個供奉日本戰犯的地方。任何一個國家都一樣，我們批評他們的缺點時，我們也讚美他們好的一面。

二、韓國篇

去不厭的韓國

和國內的好友組織了一個很小型的旅行團去韓國。有人問：「又去韓國，不厭嗎？」

「不厭，你聽了我們怎麼玩，就知不會厭。」我說。

飛去首爾，從香港只要三小時，北京上海更快，一個至一個多小時就能抵達。我的徒弟，韓國人亞里峇峇，已經在出口迎接，這個人性格極為開朗，笑話一籮籮，有了他，旅途一定不會寂寞，他是間大旅行社的老闆，但我一到他就甚麼工作都放下，日夜陪伴，他說：「工作已是例行公事，有你到來才有機會偷閒。」

我們不放下行李，直奔市中心的舊區，那裏有家賣牛肉的百年老店叫「白松」，我最喜歡。覺得韓牛為最珍貴的食物，以前只有皇帝和士大夫們能享用，當今也不便宜，問韓國人最想吃甚麼，他們的答案都是牛肉。

幽靜清雅的廂房外，掛着一副對聯：「一庭花影春留月，滿院松聲夜聽濤。」韓國人以往都用漢字，幾十年前為了方便進入電腦年代，才廢除。我們覺得不方便，不像日本至今還保留着。

肉上桌，只有兩款，其他配菜都是一大堆，第一道是清燉，肉和筋，一大鍋文火煮過夜，一點調味品也不加，旁邊放鹽巴和葱段讓客人自添。原汁原味的大塊肉，又軟又香，大口啖之，再喝湯，過癮之至。

第二道接着上，是加了醬汁和辣椒煮出來的，伴着紅棗、松仁和栗子及雪梨，甜而不膩，加上微辣，澆上肉汁，更能吞三大碗白飯。

飽了，走了出去抽根小雪茄，在門口有個大煙灰缸，當今韓國已全面禁煙，街上也不能抽，只在看到可以丟棄煙頭的角落可以抽，大家也很守規矩。

「白松」資料：

地址：首爾市鐘路區昌成洞 153-1

電話：+82-2-736-3564

門口停着輛流動小販車，載滿手製工藝品，稻草編織的刷子掃把、竹籮、藤籃子、「孫子的手」不求人搔背器等等。友人看到一個小巧的竹亭子，是給鳥兒居住的，即刻買了一個。這種小販，在很多個國家已早被警察抓走。

餐廳對面有條小巷子，是個小型的老街市，賣魚和肉及各種蔬菜，當今三月天，種類極多，韓國人習慣在春季吃大量的生菜。也有各種小攤子給年輕人吃辣粉條，我們已飽腹，沒有停下來。

「這種老街市，怎能生存？」我問亞里峇峇。

「方圓三百米內，政府規定不能開超市，也不允許有甚麼便利店。」他回答。

真是德政。

Check-in 酒店，到了首爾，除「新羅 The Shilla」之外不作他選。亞里峇峇說：「創辦人是三星公司的第一代，他特別相信風水，選了這塊福地，和其他酒店最大的分別是，晚上一定睡得安穩。」

沒他那麼說我感覺不到，就算他說了，我也感覺不到，一笑。其他，像窗外望下的風景、房間的舒適、工作人員的服務水準是一流的，毋庸置疑。

「到了這裏，一定得去咖啡廳喝一杯別地方沒有的鮮搾人參汁，加入蜜糖。」我說。

友人紛紛試了，都說很好喝。

翌日一早去酒店餐廳吃飯，這裏的自助餐當然豐富，但我還是叫了韓國早餐，是一大盤的定食，甚麼地道的韓國菜都有，那碗白米飯更是很香，不遜日本的大米。

吃完後友人觀光的觀光，購物的購物，新羅酒店離開新世紀百貨、明洞、東大門及南大門都不遠，各適其適，各人滿載而歸。我個人喜歡逛一家叫 Noshi 的，地下有家很有品味的喫茶店，用的銅杯銅碟無數，原來是示範，到了樓上，才是藝術家的工作室，裏面更擺滿大大小小的手工藝銅製品。我對韓國的這種傳統飲食器具迷戀甚深，這是因為我數年前第一次吃飯時偶然把銅匙碰到了銅碗，發出叮——拖得長長的一聲，好聽又有禪味，從此不罷休，書桌上也放了一個銅碗和一支銅匙，寫稿寫得悶了，敲它一下，打破單調。

「Noshi」資料：

地址：首爾市鐘路區通仁洞 118-9

電話：+82-2-736-6262

營業時間：上午十時至晚上七時

交通資料：距離 3 號線景福宮站 450m

網址：http://www.noshi.co.kr

午飯去吃醬油蟹。早期大家還沒那麼欣賞這道菜，後來流行起來，連香港的韓國餐廳也供應，多數是延坪島空運過來，在「大瓦房」這家人可以吃到最新鮮肥美的，當今已成為首爾的熱門餐廳，遇到不少來自香港的旅客。

老闆是一位文雅的儒士，喜歡穿傳統韓服。

已是老客人了，當然訂到了廂房，牆上還掛着我早年來到時的報道，醬油蟹上桌，飽滿的肥膏黃得鮮艷，一看就誘人。因為生意好，不惜工本挑選最肥美的螃蟹，又天天新鮮醃製，味道不會過鹹。

每人一隻，先將膏吸了，再吃肉，最後把白米飯放進帶膏的蟹蓋內，用匙羹攪拌，才一匙匙吃進口，這種傳統的吃法，外國老饕都已經學會。

還有數不清的配菜，另叫了「三合」，是肥豬肉、醃魔鬼魚和老泡菜一起夾着吃的，需要培養味覺，才能欣賞醃魔鬼魚那股強烈的味道。

「大瓦房」資料：

地址：首爾市鐘路區昭格洞 122-3

電話：+82-2-722-9024

營業時間：下午十二時至三時半，下午五時至晚上九時半（星期一至日照常營業）

我們在首爾還吃了兩頓晚餐，一向吃開的螃蟹宴再次光顧，各種蟹加上龍蝦蒸出來，味道不錯，但是和在日本福井的「蟹盡」全餐一比，就興趣索然了，今後再也不光顧這家人。

到了韓國，不試一次他們的宮廷菜不行，各地餐館都標明他們做的最正宗，但這是和價錢有關，太便宜的不用去了，齊全的，每個人得花上千多元。

常去的一家叫「韓味利」，在江南區。新羅酒店在江北，從江北到江南從前常塞車，當今首爾已有智能交通管理，可在大熒幕上看到各處的堵塞情形，這是用人民的智能身份證、八達通車票等資料取得，再盡量從交通燈、巴士專線、交通警察的疏導來解決問題，變成只要半小時就到達。

餐廳裝修得豪華，那一餐應有盡有，先讓客人喝一碗南瓜粥來暖住胃，喝酒才不傷，再來的是名貴的野生黃魚，一個人兩大尾，紅燒和燒烤的，接下去是九折板、神仙爐、海鮮湯、紅燒牛肉。泡菜一出兩組，送酒的和送飯的各不同，每組都有七八種不同的，其中留下印象的有包心 Kimchi，即是將包心菜的中間挖空，填入蘿蔔、白菜、青瓜等泡菜，用大包心菜包住，再醃漬過才上桌的，配松茸蒸飯。大家說再也吃不下去時，甜品上桌，又吞噬。這一餐無人不讚好。

「韓味利」資料：

地址：首爾市江南區大峙洞 968-4 日東大方地下 1 樓

電話：+82-2-556-8688

營業時間：下午十二時至三時，晚上六時至十時（星期一至日照常營業，韓國重要節日假期休息）

交通資料：2 號線三成站 3 號出口

網址：http://www.hanmiri.co.kr

睡了一晚，是時候出發到釜山了，這幾天乘的都是亞里峇峇安排的豪華巴士，將四十座的打通成二十四位，坐得舒服，這種巴士日本都少有。我們坐到中央車站，搭高速火車，火車的麻煩是行李不能超重，已安排好另一輛貨車先行，到釜山酒店時已放入房間。

先在火車站逛逛，商店林立，在小賣部裏可以找到「X10」這種小罐飲料，韓國人十分迷信它的功效，說會強精。商品非常難買，因為不在超市和便利店發售，只給老太太們在街上賣，幫助生計，但車站老太太進不來，也就買到了，試了一罐，功效如何不知，味道和口感像益力多。

從首爾到釜山的高鐵，車程說是兩小時，其實要坐兩個半鐘，一路上大家聊聊天，很快就到。這回團隊中有兩位友人特別欣賞韓國菜，甚麼都吃，我看到他們開心，自已也高興。其中一位對韓國已經是識途老馬，因為他女兒要出國留學，先把她送到濟州島，並買下房子長居。

為甚麼是濟州島？濟州島除了陽光和海產，沒有甚麼資源，當然也有很多高爾夫球場，但到底不足。

這時當地政府想出了一個方案，就是在島上設立了多間國際學校，韓國其他地方的人紛紛把子女送到這裏，讓他們學好英文。學校也招收外國學生，結果報名踴躍，大家看有生意做，紛紛開校。

據說美國著名的長春藤 Princeton 也將在那裏辦一間預科學院，學生畢業後，就很容易進入名校。這也有不少好處，第一到韓國又可以學多一種外語，第二學生非富即貴，今後建立的人脈關係對事業十分重要。

數年前還優待外國人，投資四十萬美金便可以拿到臨時居民證，出入韓國十分方便，後來大家擠着去投資，當地政府才關上這扇大門。

可惜我們這次沒有時間去濟州島，不然真想去看看那家鮑魚廠。我在香港食品展的韓國攤檔試過一種鮑魚，味道難忘，那是將小的野生鮑魚用最新科技抽乾水份，製成爽脆的鮑魚餅乾，一口一隻鮑魚，細嚼後發現鮑魚味非常之濃郁，絕對是送酒的新品種，只可惜售價太貴，非人人吃得起，是貴族的小吃。

釜山最高級的酒店是釜山威斯汀朝鮮酒店 The Westin Chosun Busan，就在海雲台，一整排的玻璃窗望下，海水清澈見底，連片彎月形白沙灘，長達一二里，當今總統朴小姐從不住酒店，一向在官邸下榻，來到釜山，也要在這裏住上兩晚。

各種設施當然一流，早餐也豐富，但是最好的，還是這家人的理髮店，就在地下層水療的旁邊，這裏也有溫泉，泡一個浴後就可以去理髮。

我不知道說過多少次，韓國的這種服務，其他地方少有。所謂理髮，不一定是剪，而是按摩。先洗個頭，再剃鬍子，然後脱了衣服，剩下底褲，躺在床上。所謂的床，是將理髮椅一拉開，就變成一張闊大的床。

女技師在你身上塗了乳液，開始按摩，不同在於其他水療等的按摩，技師不是力小，就是變成了老油條，力度一定不夠。這裏的使盡吃乳之力幫你把全身放鬆，再用十幾條毛巾熱敷，是一場舒服無比的經驗。

按完身，再做臉，一向不喜歡甚麼面膜之類的護理，這裏的是把苦瓜冷凍後刨成薄片，再將清涼的一片片敷在你臉上，最後又用熱毛巾包裹。

全身各處按摩，但無色情成份，女賓也可以來享受，床位各有簾子，一拉上就是一間關閉的小房間，這種理髮室在首爾的新羅酒店也有，從前在二樓，現在搬到五樓，去到韓國，不可不試。

釜山的好餐廳多不勝數，但是我來來去去還是光顧那幾家，一年來一次，也當然不會吃厭。新的餐廳一有機會便去試，像我常去的人參雞店，一大隻鮑魚塞在雞內燉出來，印象極深，但這家人不知怎麼，關了門，亞里峇峇就把我們帶去一間新開的，說是近來最旺。

欣然前往，生意滔滔，味道也不錯，只是鮑魚個頭小，而且只有一隻，嫌不足，既來之則安之，吃過之後列入黑名單，下回不再光顧。

還是老店有把握，去了「綠色鄉村」，這是一家在郊外的店舖，這回重遊，才知道所謂的鄉村，已經發展成一個小鎮，食肆也因生意好而裝修了又裝修，成為一座在山坡上頗有規模的餐廳。

坐進小屋，食物上桌，這裏是吃南瓜的，甚麼菜都塞進柚子般大的南瓜中，再放進火爐去焗。

上桌一看，南瓜已被切開成數瓣，皮黑色，肉金黃，裏面的鴨肉切成一片片，是粉紅色的。香氣撲鼻，已迫不及待地夾一大塊南瓜來吃，實在甜得似蜜，沒有吃過的人不會想像到南瓜能這麼甜的。再夾一片鴨肉，也柔軟香甜，大家都讚好，吃個不停，我勸說慢慢來，還有其他菜式，接着一盤來了又一盤，已經記不起有甚麼，總之都非常可口，到了最後，我舉起 iPhone 來拍一張照片，三張方桌連起來的一大長桌，至少有兩百個碗和碟，才知道為甚麼要用狼藉來形容。

吃飽，走到廚房參觀，大得不得了，燒的是柴火，現代烹調器具一概不用。土牆上還掛着許多竹籮和木造的餅印模具，地上由半邊的石磨鋪路，古色古香。此行喝了很多土炮馬格利，發現這裏的最美味，用一個大陶缽裝着，木勺子舀起倒入小碗中，大口乾之，豪氣十足。

「綠色鄉村」資料：

地址：釜山廣域市機張郡機張邑次星路 451 號街 28

電話：+82-51-722-1377

網址：http://www.hurgsiru.co.kr

營業時間：上午十一時半至晚上十時

吃不厭的老店還有「東萊奶奶葱餅」，已經是第四代的傳承了，當今的老闆娘笑臉相迎，我上次來和她拍過旅遊節目，她還記得。

東萊這地方的葱自古以來是進貢的食材，我們去的時候也剛碰上最肥美的季節，大家都走到開放式的廚房去拍攝製作過程：先將一大把葱放在圓形的扁平大銅鍋上，然後將紅蛤、蝦、生蠔混入，再淋上蛋漿和海鮮熬出來的麵糊。上蓋，掀開，翻它一番，即成。

好吃得一碟又一碟，我們愛吃葱，乾脆叫一大堆來蘸麵醬生吃，接着有東萊蝦海螺、涼拌鰩魚絲、泥鰍湯和石鍋拌飯，另有數不清的 Kimchi，飯後又是杯盤狼藉。

「東萊奶奶葱餅」資料：

地址：釜山廣域市東萊區明倫洞94番路 43-10（福泉洞）

電話：+82-51-552-0792

營業時間：下午十二時至晚上十時（每週一、農曆新年及中秋節當日休息）

網址：http://www.dongnaepajeon.co.kr

回酒店睡了一大覺後，有些人去百貨公司購物，我則最喜歡逛超市，韓國最大的機構叫 Emart，各地都有它的分店，但要找當地最大的一間，貨品才齊全。

買些甚麼？有甚麼值得帶回香港？紫菜是最受歡迎的，一大包一大包，裏面分小包，售價極為便宜，可以即食的有 Peacock 公司生產的最值得推薦，每包五片，一共十六包。

韓國麻油也香，任何牌子都有信用。至於水果要看季節，甚麼時候都有的是一種柿子乾，和日本的不同，不是整個曬的，而是切成一塊塊三角形的，非常美味。

我還喜歡買他們的芝麻葉罐頭，扁扁平平的易拉裝，裏面用醬油或辣椒浸泡着芝麻葉，打開來取出一葉，包着飯吃，就不必其他餸菜了。

另外各種乾海產貨磨出來的粉，像蝦米粉、江魚仔粉等等，韓國人用來做泡菜，我則買來撒在湯中，吃即食麵時添上一二茶匙，味道奇佳。

午餐肉文化在韓國大行其道，由當時美軍留下的 Spam 為主，為部隊火鍋的主要食材，韓國經濟起飛後，自己生產的黑毛豬午餐肉非常好吃，不相信你買一罐來試試就知道我說的沒錯，也是同樣由 Peacock 公司生產。

再轉到海產市場逛一逛，釜山的全國最大，也是釜山電影節的所在地，這裏的海產讓人目不暇給，引起遊客興趣的是像手榴彈的海鞘，從前是小販推着車子來賣，當今要到市場才看得見。怎麼吃？切半後取出肉來，顏色和樣子都像赤貝，味道古怪，要習慣了才吃出滋味。取出肉後的殼用來當酒杯，倒入韓國清酒，會發出甜味。如果你想試試，去市場附近食肆，叫他們劏一兩個給你就行，也可以炒些很甜美的無骨盲鰻。

最後去吃河豚大餐，這家叫「錦繡河豚湯」的，已經發展得很有規模，附近的屋和停車場土地都給他們買下。這餐河豚包括了刺身、煎、炸、煮、烤，吃法應有盡有，可稱得上「豚盡」，另有日本吃不到的辣醬涼拌，又鮮又刺激，細嚼之下，感受野生河豚鮮美的甜汁，這一吃，就上癮了，絕對在其他地方吃不到。

走了出來，看到餐廳二樓窗口掛着我的一大幅人像，友人說你很給他們面子，我說是他們給我面子才是。

「錦繡河豚湯」資料：

地址：釜山廣域市海雲台區中洞 1394-65
電話： +82-51-742-3600
交通資料：地鐵2號線海雲台站（203），1號出口，步行約十分鐘。
營業時間：二十四小時

又到首爾

剛從韓國回來，想起那醬油螃蟹的紅色肥膏，整個腦子是韓國佳餚時，又出發到首爾，證明韓國是一個去不厭的國家。

總不能吃來吃去都是那幾家老店，雖然水準是極度靠得住的，也得找一些新的。之前韓國老饕友人已經介紹了多間，報紙雜誌上也閱讀了一些誘人的報道，選擇可真的不少，但時間有限，如何篩選？

很多食肆蠢蠢欲動，米芝蓮還沒有登陸首爾，韓國人已做好準備摘星，我事前做好資料搜集，鎖定了四家，當然都是座位難訂的，只有出動香港的韓國觀光公社，請他們安排。首爾舊稱漢城，有條漢江貫穿，老區集中在漢江北邊，叫為江北，新發展在南邊，叫為江南，對了，就是那個胖子跳騎馬舞的江南。

新開的餐廳多集中在江南，我們第一間光顧的叫 Ryunique，這些新餐廳多數不能 á la carte 單點，全是套餐，套餐有它的好處，一方面師傅對食材容易控制，一方面做得純熟，可以愈來愈精彩，其他原因是師傅的學問有限，所以菜式不多。

Ryunique 的套餐叫 Hybrid Cuisine，是個新名詞，電動和汽油混能的汽車，就叫 Hybrid car，避開了雜種菜 Fusion food 這個討厭的字。

前菜名為「逗你開心 Amuse」，一共有兩道，第一道有片可以吃的紙，加上薯仔蓉做的假核桃，連殼也可以吃，又有一隻醃製過的生蝦，配一支試管，裏面裝有粉紅色的奶油醬。第二道有隻蜻蜓，翼是可以吃的餅皮，另有香菇形的餅乾等等，是好玩，又有趣，不是分子料理，尚可口。

主菜有鵝肝、海鰻、鵪鶉、鴨、魚生等，當然也有大塊一點的牛扒，印象較深的是用做木魚乾的方法，把雞肉製造成硬塊，再用刨子刨成細片，這個做法 Momofuku 的 David Chang 在聖巴斯珍的廚師大會中表演過。

主廚 Ryu Hwah Tae 出來打招呼，年紀看起來不大，但在東京、法國等地學習和當廚子，盡量吸收新技巧，他問我意見，我說套餐有配酒和配茶兩種，後者喝不出主題的茶味，像果汁居多，他很細心地聽了。

地址：首爾市江南區江南大路 162 街 520-1（520-1, Gangnam-Daero162-gil, Sinsa-dong Gangnam-gu Seoul）

電話：+82-2-546-9279

網址：http://www.ryunique.co.kr

開在江北，一個很高尚的老區中，有家叫 Bicena 的，也被食客大讚特讚，坐了下來，想要韓國土炮酒馬歌利，不賣，啤酒呢？也不賣，只有韓國清酒和法國紅酒，食物呢？所謂新派也不十分新派，老派更談不上，這類餐廳最多喝星巴克咖啡人士光顧，很流行，但吃不出所以然來，怎麼創新我都能接受，但是一離開了好吃，就完蛋了。

地址：首爾市龍山區梨泰院路 267 號 2 樓（2F, 267, Itaewon-ro, Yongsan-gu Seoul)

電話：+82-2-749-6795

比較標青的是一家叫 Mingles 的，開在江南區，雖說是混合菜、新派菜，但味道還是可以接受的，這最要緊。

主廚 Mingoo Kang 在聖巴斯珍的 Martin Berasategui 學得一手好西餐，但是又在 Nobu 被教壞，Nobu 已愈來愈離開老本行，一味做外交大使，東西難吃。

這家餐廳的套餐做得精細，但留不下印象，傳統的麵和飯穩陣得很，除了套餐之外，多叫這兩道才能吃得滿足，甜品做得很出色。

地址：首爾市江南區論峴洞 94-9（1st Floor, Nonhyum-dong 94-9, Gangnam-gu, Seoul）

電話：+82-2-515-7306

有沒有一家不失韓國風味，又新派得讓天下食客驚嘆的呢？有，那還是得回到首爾最好的酒店 The Shilla 裏面的韓國餐廳「羅宴」，絕對是在香港試不到的，友人吃過之後，對韓國菜完全改觀。

最初上桌的下酒菜，是把紅棗切成絲烘乾出來的，又脆又甜，口感一流，喝的酒有兩種很特別的，第一種是調得像奶酪的「梨花酒」，好喝到極點，另一種像傳統馬格利，裝進一個古樸的陶壺裏面。喝酒之前給你瑤柱及南瓜的粥吃，包着胃，才不傷身。

前菜有比目魚刺身，上面用小鉗子添上季節的野花，漂亮到極點，味道也夠濃郁。接着有鱈魚乾熬出來的湯，上面有顆比日本人做得更出色的溫泉蛋，再來是醬汁煮紅衫魚。

三種韓牛上桌，有烤的有煮的有生吃的，煮的是把所有筋和纖維都切斷，不必咬也能融化，生的牛肉更是我吃過最好的，接着有鰻魚飯、雜菜飯。大醬湯做得一點也不鹹，而且還喝出鮮味，最後還有冷麵以及人參湯。

大廚 Seongil Kim 走了出來，我們都拍掌叫好，看樣子是一個五十多歲的中年人，非常謙虛，看得令人舒服，所有有本領的大廚，都不會擺出大師款的，米芝蓮來評分的話，如果不給他三星，就不必再買這本指南了。

地址：首爾市中區東湖路 249 號（249, Dongho-ro, Jung-gu Seoul）

電話：+82-2-2233-3131

「你去首爾，住得最好，吃得最貴，當然去個不厭，我們消費不起的，怎麼玩？」香港友人抱怨。

今天就要談大家都吃得高興，住得舒服，又不必花上幾個錢的玩法。

第一，韓國的消費，一定比東京便宜，首爾交通發達，地鐵各處可去到，就算乘的士，車價也和香港差不多。

第二，酒店嫌貴的話，住民宿好了。之前談過，首爾分江南和江北，而有味道的，是江北老區，在哪裏呢？都是在西村一帶，最有韓國古風，那裏的民宿最是具代表性的房屋，你不會在新派的江南區下榻，那是給整容的人住的。

西村還保留了很多老店舖，去那裏的中華料理吃一碗炸醬麵，絕對是手拉的，味道還和以前山東移民去的時代一樣，水餃的餡，也有海參丁的。

在小山丘上，建築物古樸，道路高高低低，是你印象中的韓國，連韓國電視劇也要跑到那裏去取景，近年來觀光的遊客也逐漸多了，那是不可避免的。

我最喜歡去的牛肉店舖「白松」，也在附近，在這間百年老店你可以吃到最好的紅燒牛肉，這家店也只賣兩樣，紅燒牛肉和另一種白煮牛肉，用慢火熬過夜，甚麼調味品都不加，吃過包你上癮。

地址：首爾市鐘路區昌成洞 153-1

電話：+82-2-736-3564

從店裏走出來，到了對面，就是我最愛逛的菜市場。不像大阪的黑門，沒有大招牌，只是一條很長的街，那就是「通仁市場」了。

這裏兩旁一共有七十五家舖子，中間是有上蓋的，下雨也不怕。我們逛市場，除了新鮮蔬菜和牛肉豬肉之外，其他小食店賣的，都想試一試，尤其是那些千變萬化的 Kimchi，有芝麻菜的，有小魚小蝦的，也有螃蟹的，想試的真是太多，但是一人一個肚，各種買一份大的，怎塞得下？

通仁市場是一個很人性化的市場，既然人性化，那麼就給客人解決問題。

中午時間你會看見路人手上拿着一個空的塑膠飯盒，裏面裝的一串硬幣是塑膠做的，你想試甚麼食物，只要向小販一指，他們就會向你拿幾個硬幣，然後把每樣食物裝一點給你，會計清晰明朗，絕對不會算多你一塊錢。

這些硬幣在哪裏買？路口有一家小食店，向他們買十個，也只是五千圜，折合港幣四十元左右。最受歡迎的當然是炒年糕，這裏賣的有辣有不辣，給一個硬幣，那位老太婆就會裝一些在你盒裏。

賣年糕的有兩三家，哪一間最好，找那個化妝像臉上塗一層厚油漆的那一位老太太，你不會錯過她的，風雨不改，她都站在那裏叫賣。

除了年糕，還有像日本關東煮的魚餅，另有細葱加蛋的煎餅、烤魷魚、章魚小丸子等等，當然也有甜品、糕點和飲料及沙冰，買個無窮，食之不盡，飽得不能動彈，也要不了你幾個錢。

市場中另有賣雜貨的，喜歡吃韓國拉麵，一定要用韓國鋁鍋來煮才好吃，一個鍋才十幾二十塊港幣，但容易燒爛，買多幾個回去吧。

也有即買即磨的麻油，韓國麻油最香，不容錯過，這裏辣椒醬有些很高級，也不很辣，能吃出辣椒的香味來。有時在家煮食，燙熟了各種蔬菜，飯上澆上麻油，拌以高級辣椒醬，是頓很豐富的菜飯。

買了各種小食，邊走邊吃很有味道，想坐下來的話就到路口賣硬幣的那家店去吧，別用光，剩下幾個拿去換湯換飯，坐下來慢慢吃。

逛通仁市場，是個難忘的經驗。

地址：首爾市鐘路區紫霞門路15街

也不必太吝嗇，偶爾奢侈一點，就去「大瓦房」吃醬油螃蟹好了，包你滿足，當今已有很多香港旅客會找上門，吃完了在附近散散步，有許多博物館、韓服傳統店，逛一個下午，也不必花多少錢。

地址：首爾市鐘路區北村路5街62號

電話：+82-2-722-9024

網址：http://www.tonginmarket.co.kr

但是逛市場還是比博物館更好玩，那麼去下一個「中部市場」好了。這裏可以買到各種魷魚乾、海苔、小鰻魚、明太魚、明太魚仔等等，地方很大，有近十五萬平方呎，一千多家店舖，賣的東西比超市或購物中心便宜二至三成，清晨四點鐘就開店了，一直做到下午三點多。

有市場一定有好吃的東西，睡不着不妨去那裏吃早餐，還有一家人參專門店，請了香港的交換生當值，語言上沒有問題。

地址：首爾市中區乙支路 5 街 272-10（五壯洞）

電話：+82-2-2274-3809

提到早餐，也可以去一家吃牛尾湯的老店叫「河東館」，就在購物區的明洞，從一九三九年開業，已快到八十年了，只賣一大碗煮得濃似白雪的湯，甚麼調味料都不加，桌上一碗鹽和一碗葱，任添任吃，花不了幾個錢就能吃飽。

地址：首爾市中區明洞一街 10-4

電話：+82-2-776-5656

網址：http://www.hadongkwan.com

其他市場還有專賣海鮮的「鷺梁津水產市場」可逛。

一直忘記替女士們介紹，白天吃飯，逛市場，到了半夜，可去東大門，那裏有家叫 Doota 的，整幢大廈都是女士服裝，從便宜到貴，甚麼都有，另一家叫 apM，也是二十四小時營業，可以走到你腿斷為止。

還是去首爾

香港的確沉悶，非往外走不可。去哪裏？想來想去，最後還是決定去首爾。住的還是那家酒店，吃的還是那幾間餐廳，不厭嗎？我可以很明確地告訴你：不厭。

總有些新東西吧？有的，有的。一般的不說也罷，古怪一點的有拍照片。甚麼，拍甚麼照片？當今數碼相機，手機上的拍照功能皆備，還有甚麼新花樣呢？原來在江南區有家叫「2 Javenue」的攝影工作室，專為客人拍「靚相」，有甚麼需要，都能做到。

比方說簡簡單單的一張證件照吧，也可以分身份證或護照用的，結婚證上用的等等，另外有個人生活照、職業形象照、畢業照等，更親密的有情侶照、父女照，當然也有同志照。

要求穿韓服更是沒有問題，那家公司有中文翻譯為我們解答，其實當今任何行業都有這種服務。哪裏來的那麼多懂得中國話的人？一、大學裏的中文科很熱門，培養出許多人才。二、大陸有朝鮮族，來到韓國當外勞，工資比在國內高得多，大把人才湧進。

回到拍照，每一款約六百塊港幣，不必化完妝，就那麼一個貓樣走進去就是，反正都是後期工作，你的皮膚要多白有多白，眼睛要多大有多大，雙眼皮、三眼皮，都沒有問題。

這家工作室的人都很專業，你怎麼要求，他們都會把你的特徵留下一點點，不然變來變去，變得不像樣，就失去意思了，一直嫌自己護照上的照片不好看的人可以去試試，搭地鐵二號線到梨大站，二號出口，左轉步行三分鐘就到。

地址：首爾特別市西大門大峴洞 34-35B1F

電話：+82-10-2540-7585

其實這種服務東京也有的，只要你到銀座找到資生堂的本店大廈，那邊就有從化妝、梳頭到服裝整套的設備，拍起照片是不作後期加工的，也會令你滿意，但是價錢就相差幾倍到十幾倍了。

在新羅酒店喝到的人參汁，是用新鮮人參磨出來的，加牛奶和蜂蜜，非常好喝，就想起買一些回去搾汁，又回到「中部市場」，那家相熟的人參專門店去，店裏已把我的照片貼在門口招徠，說帶了給他們不少生意，堅持要送我一些，我拒絕，只要選好的賣給我就是。

總得醫肚，一般市場附近一定有好餐廳，但「中部市場」賣的是乾貨，看到的那幾檔小食都引不起食慾。走呀走，走出市場，竟然給我找到了，吃東西的運氣真是不錯！

市場的盡頭，就是五壯洞，而五壯洞，是賣冷麵最出名的，這裏一共有三家老店，都叫「咸興冷麵」。

韓國老饕不承認南韓的東西比不上北韓的，但一說到冷麵，都翹起拇指，說北韓的最好。一般的冷麵指的是水冷麵，一點也不辣，麵上面有半個熟雞蛋和兩三片硬得要死的牛肉，麵湯沒甚麼味道，但會加一些碎冰在湯中。

第一次吃並不會那麼欣賞，因為麵是一百巴仙用薯仔做的，無味，而且硬得很。吃呀吃，吃多了，就吃出分別來，有些冷麵並不是想像中那麼硬，比麥做的更有咬勁，適應了還是喜歡的。

冷麵韓語叫為Naegmyeon，要盡早入門，叫一碗冷拌麵好了。拌飯叫

Bibimpa，拌冷麵叫 Bibim Naegmyeon，是用辣椒醬、麻油、芝麻醬來拌的，上面還鋪了黃瓜絲、熟蛋和 Kimchi，豪華版有醃製魔鬼魚、生牛肉絲、梨絲等等，非常刺激，一吃上癮。

五壯洞的三家冷麵店分別是「興南家」、「咸興冷麵家」和「新昌麵屋」。我最喜歡的是「咸興冷麵家」，店的外表像快餐店裝修的新穎，但食物最佳，供應一杯茶，喝入口才知是牛肉和雞湯，非常好味。

地址：首爾中區 Mareunnae 路 108

電話：+82-2-2267-9500

當今大陸的河豚，野生的幾乎絕跡，到了日本，很高級的店裏才有野生的，大部份還是飼養，韓國有很多很多野生河豚，去了不可不試。

最好的當然是釜山的「錦繡」，它在首爾也有分店，但已經結業。如果要吃的話，可到一家叫「三井」的，這回我們去試了，品質上不遜日本的河豚店。

第一道當然有河豚皮、河豚熟肉絲下酒，接着是刺身，一大碟，然後有烤的、炸的、紅燒的、打邊爐的，但是不像日本人那樣最後把湯煮成粥，而是握成壽司河豚飯團，喝的也有河豚魚翅酒和精子的白子酒，最可惜的是沒有用辣醬涼拌的河豚，這一道才是韓國特色，只能在「錦繡」吃到。

地址：首爾江南區三成洞奉恩寺路 626
電話：+82-2-3447-3030

韓國去得過多，可以考慮在那裏買屋了，當然是舊區的江北最有特色，江南那些一座座的三星、樂天大集團建的鴿子籠般的公寓，免費送我也不要。

又來首爾

想吃真正的韓國菜，想瘋了。

有伴最好，上一次本來和一群友人約好去首爾的，後來她們家裏有事，取消了，沒有辦法。只有到尖沙嘴的小韓國大吃一番，但那裏夠癮？

前幾天和幾個老搭檔打了十六張麻將，聽他們說要去日本福岡吃牛舌頭，我建議：「韓國也有呀，不如大家去韓國！」

一聽到韓國，一般人的反應都是：「除了Kimchi和烤肉以外，還有甚麼東西？」

「錯！」我慷慨激昂地：「至今甚麼都有，韓牛的舌頭，不差過日本的，而且，最近的信用卡是有個很便宜的套餐！」

聽到便宜，女性們抗拒不了，但問：「有多便宜？」

「去五天，包一流酒店，一萬二港幣。」

「甚麼飛機？甚麼酒店？」

「乘國泰，早機出發，下午機返港，而且是商務，住韓國最好的新羅酒店。」

眾人屈指一算，即刻成團。我們一共五人，說好吃完東西購物，其他甚麼地方都不去，吃完晚飯，回房間打一兩圈麻將。

第一晚吃的烤牛舌果然不錯，大家都很高興。睡了一夜，翌日早起。酒店是包早餐的，新羅的自助餐食物都很高級，而且選擇多，中西餐甚麼都有，中餐部份還有四位大師傅負責，兩個來自內地，兩個來自馬來西亞，都很正宗，但我選的是「韓定食」。

一個大盤子中裝有一大片烤銀鱈魚，一大堆沙律，好幾片紫菜，一碗小燉蛋、醬魚腸、醬桔梗、醃蒿苣、泡菜和水果。湯有兩種選擇：魚湯或牛肉湯，加一大碗白飯。韓國米不遜日本米，最厲害的是那一小碟辣椒醬，酒店特製的，別的地方買不到，辣椒粉磨得極細，初試一點也不辣，吃出香味後才感覺到辣。

飽飽，眾人到附近的「新世紀」百貨公司，一共有三棟建築，貨物各不同，看你要買甚麼，選對了才好去。

到中飯時間了，這一餐錯不了，是想食已久的醬油螃蟹「大瓦房」，這家店經我推薦後香港客人特別多，近來大陸客也不少。

當然先來一大碟螃蟹，看到那黃澄澄的膏，就抗拒不了。店開了近百年，東西雖然是生醃的，但從來沒有讓客人吃出毛病，而且你吃了會發現，這裏的蟹不死鹹，吃完膏和蟹肉，把白飯放進蟹殼中，撈一撈再吃，是韓國人的吃法，你學會那麼吃，他們會讚賞的。

除了醬油，還可以吃辣醬生醃蟹，更是刺激到極點。其他的有醃魔鬼魚、紅燒牛肉等等地道食物，一定讓你滿意地回味。

地址：首爾鍾路區北村路5街62號

電話：+82-2-722-9024

再下來的幾天都吃得好，之前介紹過的，像新羅酒店頂樓的「羅宴」等，就不重複推薦給大家，新找到的有兩家，一間叫「又來屋」。也是舊式的老餐廳，有龜背鍋烤肉，當今都是仿日式的爐子，這類古老烤肉店已難尋。除了烤肉，還叫了牛肉刺身，別怕，沒事的，我已吃了幾十年，味調得極好。

地址：首爾特別市中區昌慶路62-29（舟橋洞）

電話：+82-2-2265-0151

友人還是懷念牛舌頭，那麼一大早把她們挖出來，去一家專賣牛雜的，叫「里門」，也是老字號，很奇怪地，各地解酒的妙方，都是用內臟，韓國的湯煮得雪白，叫「雪濃湯」，煮了一夜，甚麼調味品不加，桌上有京葱和鹽，依你們喜好放進去，另上一大碟牛舌，地址忘了，問酒店的服務部就能找到。

到韓國還有一種樂趣，那就是去理髮院剃鬍子和按摩，沒有色情成份，女生也可以去，但那種服務，是世界上找不到的，包你被按得全身舒服才走出來，新羅酒店有那麼僅存的一家，這次去，已改成英國式的高級理髮，一點味道也沒有。

問來問去，得不到答案，後來遇到了韓國電影監製吳貞萬，拍過《醜聞》等片，做製作工作的無處不曉，結果問她首爾那裏還有古式理髮店，她回答說首爾的已找不到，要到一個叫「提川」的鄉下，今年七八月有個影展，到時可以帶我們去，東西又比首爾好吃得多。聽了，抗拒不了，又得去一趟韓國了。

韓江

我來韓國，加起來，不下上百次了。

五十年來看韓國不斷的變化，很有感觸，我一向偏愛這個國家，寫下不少文字，歌頌韓國人民的熱情。得到的反應總是：「韓國有甚麼好？你說的美女不是整容出來的嗎？你吃到的東西，除了烤肉和泡菜，還有甚麼？」

唉，說給他們聽也不明白，五十年前大家都窮，哪來的錢整容，女人還不是那麼漂亮？

怎麼批評都行，不得不承認的事實是，這個國家的人民發奮圖強，在短短這幾十年來已變成一股強大的力量，所創潮流已經在影響和領導世界的潮流。

當今，問年輕人：「帶你去日本玩好不好？」只見他們搖頭：「不如去韓國吧。」

最初，韓國人像美國的黑人，沒有人相信有一個可以當上總統，也沒有人想到裴勇俊和金秀賢，會讓日本老太太包圍尖叫。日本的電器市場中賣的是Samsung的電視機，雪花秀化妝品也在銀座開店，和資生堂爭天下。據說《星星》片集，日本也不敢買來播放，怕搞亂市場。

韓風食物在美國也大放光彩，連飲食界名人Anthony Bourdrain吃得上癮，誰說韓國東西不好吃？我在韓國享受了最好的牛肉全餐，塞進兩大隻鮑魚的人參雞湯、金黃色的南瓜包着粉紅色的硫黃鴨、河豚大餐和啖啖是肉的雪場蟹，由侍女用刀剪出肉來餵你，還有那些醃魔鬼魚和細如頭髮的紫菜、已經在中國快絕種的野生黃魚……誰說韓國只有烤肉和泡菜？

這次重遊首爾，是孤獨的旅行，沒有一大團人在身旁，自由自在，另有一番滋味。

繁華的江南，我最討厭，到處高樓大廈，賣的品牌東西也和別些地方的一樣，全無個性。我喜歡的是江北老區西村，在景福宮附近，遊客很少涉足。

幽靜的街道，完全是六七十年代的味道，見一木亭，一大堆人在下棋，走近一看，是中國的象棋，但完全不按照象棋的規則，飛象可以過河。

商店中賣着古董鐵皮玩具，也有間紙店，專賣韓國紙和製品。看到一家中華料理，掛着一個「永和樓」的招牌，油漆快要剝落。想起五十年前，我和同學王立山初次來漢城，他家裏開的菜館，一模一樣。

忍不住走了進去，叫一碗炸醬麵，黑漆漆的醬，除了黃瓜絲和洋葱之外甚麼都沒有，但吃出當年的手拉麵條的味道，感動得差點流淚。

再走前幾步，見一洋式古宅，原來是畫家朴魯壽的故居，現已改成紀念館，可以參觀。門口掛着巨匾，寫着「如意輪」三個隸書，很有氣勢。裏面掛着畫家的作品，線條簡單，意境深遠。花園裏面的盆栽由專人保養，留着當年的老樣子。石頭鑿出的圓桌和方形石櫈也是他畫家設計的，值得一看。

出來，有間理髮店，現在只剩下夫婦兩人經營，想起過往的理髮店至少有七八個人服務，師傅理髮、力壯的小伙子洗頭、妙齡女郎技師剃鬍子的那種享受，不知不覺走進去，讓老太太修個臉，她仔細地把我臉上的汗毛刮淨，那雙手雖然不是當年的少女，也舒服至極。

走到了菜市場，非逛不可。一條長巷，食物應有盡有，除了蔬菜和魚蝦蟹，小攤子中賣韓劇中常出現的辣醬炒年糕、燙腐皮串和炸香腸等，男男女女下課，來這裏喝上幾杯。從前，只見男學生坐下，女同學替他拿着書本站着看，當今如果是這種現象就追不到女仔了。

經過一家藥材店，賣一堆堆的刺桐木幹，韓國人用來煲茶，牌子上寫着有脫胎換骨之效。另有五實子，寫着七顛八起，網友韓滔看完我發的微博照片，說用這四個字來形容五實子，真是有趣。

從菜市場走出來，對面就是最好的燉牛肉店「白松」，不可錯過。

地址：首爾市鐘路區昌成洞 153-1

電話：+82-2-736-3564

這一區也不盡是老店，許多年輕藝術家都喜歡在此聚集，其中有一位專做傳統銅器的，作品異常之精美，製作者是國家認證非物質文化遺產傳承人。店名叫Noshi，有兩層，下面是咖啡店，主要不是掙茶錢，用來展示他的傑作，樓上擺滿了銅製碗碟，用個筷子敲了一下，聲音清脆，久久不息。我最欣賞韓國人這種食器，從前生活在炕上，放着可以保暖。

地址：首爾市鐘路區通仁洞 118-9

電話：+82-2-736-6262

美食家友人金秀真的料理學校也在附近，有興趣可來上一兩堂課。住宿也不必考慮找甚麼大酒店，對面就有一間三層樓洋房，裏面裝修得乾乾淨淨，很有品味，是家民宿，叫「Cocoonstay 繭居」，名字有趣。想入住的話可以打電話+82-2-720 -9300。

舊區江北和新區江南只隔着一條韓江。我第一次來到時，韓江江水清澈，晚上還可以放舟。江邊泊着一艘艘的小艇，船中鋪着草蓆，乾淨舒適，由年老船夫把舵，帶着女友租了一艘，船夫便把舟撐到江中央，接着取出蠟燭點上，用一個紙杯，通洞罩住擋風，然後向我嘰哩咕嚕一番，忽然，跳進江中，嚇了我一跳，原來他已游到岸上，像孫悟空一樣用手遮額，仔細觀察等待，我們溫存過後，只要把燭火吹熄，他就會游過來划船返岸。俱往矣。只能說給年輕人聽聽，讓他們羨慕一番。

韓國歡宴

剛從濟州島回來，大啖韓國料理，不亦樂乎。

我對韓國菜是百食不厭的，尤其是他們的金漬 Kimchi。種類之多，怎麼吃也吃不完。當今發現金漬的酵素對人體有益，全世界大行其道，熱愛健康的人更拼命追捧，也許會繼韓國電視劇之後，再捲起一陣韓菜狂潮。

停了幾天，又心思思，想起那一大碗的雜菜飯 Bibimpa，剛好銀行高層友人馮小姐來電，説約了查先生倪匡兄夫婦，堪輿學家阿蘇和他的友人愛美夫婦，連同名模 Amanda S. 和我，一共十人，在銅鑼灣羅素街的「伽」韓國料理晚宴，大喜，欣然赴約。

「查先生不是只愛吃上海菜的嗎？辣的他慣不慣？」我問馮小姐。

她回答：「這一餐是為了查太太，她最近猛追韓劇，越來越對所有韓國東西着迷。」

原來如此，這也好，有我這個韓國料理通來點菜，花樣有更多的變化。韓籍經理前來，我向她嘰哩咕嚕，對方一直點頭，說：「耶、耶。」那是「是、是」的意思，看不配音韓劇的人都聽得懂。《大長今》裏，皇后一命令宮女，她們都回答：「耶，媽媽。」

「韓國話你也會講？」查太問。

我笑道：「只限於點菜而已，其他的一點也不通。」

人多，菜可以大叫特叫。我要了蒸牛肋骨、生牛肉、肥豬腩包生菜、海鮮湯、煎葱餅、雜菜飯、辣撈麵等等。平時不點烤肉，但查先生愛吃牛舌頭，再來烤的，還有牛肋骨、牛肉碎和記不清的一大堆。

菜還沒上，桌面已擺滿免費奉送的小菜，有辣有不辣。查先生不吃辣，查太太細心地叫了一碗溫水，把辣菜沖了一沖，才夾給查先生吃。

人參雞接着上，查先生說這道菜吃得慣，很喜歡，我們才安心下來。

接着查先生和父親是法國人的 Amanda S. 以法語交談，那可不是點菜那麼簡單，兩人對答如流，輪到所有的人都聽不懂。

金漬之中，也分醃久的，和新鮮醃的。後者在上桌之前把白菜燙了一燙，然後揉上大量的蒜蓉和辣椒醬，即吃即做，阿蘇師傅特別喜歡，一碟吃完還要另一碟。

「Hana Toh。」我向韓籍經理說。

對方又是「耶」地一聲退下。

「那是甚麼意思？」阿蘇問。

「Hana。」我說：「發音像日文的花，是『一個』。Toh發音像廣東話的多，就是『多一個』。這句話很好用，到了夜總會，女伴不夠，也可以說 Hana Toh。」

大家聽了都笑罵我好色。

黃魚接着上，雖不是游水的，用鹽醃了一夜，由韓國空運來。當今中國黃魚被吃得絕種，都是養的，只有韓國才有真正野生的黃魚。烤過之後一陣陣的久未聞到的黃魚味，吃得倪匡兄這位江浙人大樂。

馮小姐愛吃牛肉，對韓國的生牛肉情有獨鍾。做法是把最上等的生牛肉切絲，拌以蜜糖、雪梨、大蒜和生雞蛋，特別美味，比西餐的韃靼牛肉好吃幾倍，但是吃不慣的人還是居多，我把別人吃不完的那幾碟拿來，又一下子掃光。

本來有一道菜是滷豬腳切片後，用來包生菜的，但我嫌有時豬皮還是太硬，改點了白灼五花腩來包。這道菜用高湯來生灼，不遜台北「三分俗氣」做的「白玉禁臠」。吃法是把一葉生菜或紫蘇葉攤開，肉放其中，上面放大蒜片、韓國辣醬和不可缺少的小魚小蝦醬，有點像南洋人做的 Chincharo，然後包起來一口咬下，甜汁流出，是仙人食物，也再次證明了肉類和海鮮加起來特別美味，韓國人早明白這個道理。

「Hana Toh，Hana Toh。」阿蘇師傅已食了三四碟新鮮泡菜，還不斷地向女侍說。

「請她們打包，給你帶回去？」我問。

阿蘇點頭稱好，但店裏的人說其他泡菜可以打包，這是現做現吃的，不行。我哪聽得下？向韓籍經理說：「把辣醬和灼好的白菜分開包，回家後自己混在一起吃，不就行嗎？」

當然得逞。韓國泡菜是有道理的，當年非典肆虐，東南亞國家也只有韓國沒有一個人中招，可以證明他們的食物是能抗百病的。

飽飽，以為再也吃不下時，Amanda S. 拿出兩個自製的蛋糕宴客。她將要開店，也乘這個機會向阿蘇師傅請教。阿蘇其實並不姓蘇，他只是非常謙虛，每次大家讚他算得準，都會說：soso 罷了，故名之。

蛋糕水準很高，上回拍節目時倪匡兄吃了一口，就把整個捧回去，不讓別人嚐。這回他也大吃，雖然做得不是太甜，但也有點口乾，看到面前有一碗番茄湯，就喝一口來中和，突然噴出來。

原來，他喝的，是查先生洗了辣椒醬的水。

部隊火鍋

在韓國，賣得比可口可樂和肯德基更厲害的，是午餐肉Spam。

Spam為一家美國公司Horwal Foods在一九三七年發明的罐頭食品，英文字母由「香味火腿Spiced Ham」的簡寫而來，也有人說是「豬肩肉和火腿Shoulders of Pork and Ham」的簡寫。

韓戰之後，大批美軍入駐韓國，帶來了他們的軍糧，其中少不了這一罐長方形的豬肉罐頭，美軍也常拿去在黑市中交換些當地東西。飽受戰火摧殘的老百姓少嘗肉類，視之為寶，小說家安定孝在他的《銀馬》一書中也描述過：「……我希望今晚可以在附近地方拾到肉類吃，你還記得上一次我拾到的罐頭裏面有甚麼？我最記得那是午餐肉，拿回家後我媽媽把它和其他可吃的東西混在一起，弄出一個湯，像豬吃的東西一樣，但非常美味……」

幾十年前我初到韓國，友人在家做菜請我，記得也是這種午餐肉。今天為了寫這篇東西，特地跑到他們的超級市場，看到架子上面放滿的午餐肉之中，其他牌子應有盡有，但還是Spam最受歡迎。

當今這牌子被CJ集團收購，大量在韓國生產，過年過節用它來送禮，幾個罐頭裝成一籃，已變成風俗。一個中秋，就賣八百萬罐之多。

韓國人發奮圖強，在經濟起飛後也對午餐肉念念不忘，用它來做出種種菜式，包括壓碎後和黃瓜一起包成的紫菜卷等等，大受歡迎。

韓流襲港，城中的韓國餐廳到處可見，年輕人最愛吃《星星》中出現的炸雞和喝啤酒，但還有一種必吃的，就是「部隊火鍋」！

每個韓國男人都要當兵，他們得要吃又飽又有營養的東西，部隊火鍋就出現了。是甚麼呢？基本上就是把午餐肉切成方塊，和泡菜一起煮成一鍋湯，加即食麵和年糕進去，不飽也不行。

在香港吃到的已是很精緻的了，除了以上配料，還加了芝士、椰菜（高麗菜），即食麵和年糕之類，更有人把白飯倒入吃剩的湯中，煮成一鍋粥來。

此回來到首爾，山珍海味當然享受過，也非去找最便宜的部隊火鍋不可，地點是梨泰園區。這一帶是美軍駐紮之地，從前軍人把配備的軍糧放在一個長方形的鐵箱，裏面有Spam、香腸、香煙、巧克力和吃了會發脹的餅乾。其他地區的部隊火鍋最初沒放香腸，加了香腸的做法據說是梨泰園先起。

最正宗，也是最原始的一家老店，據說是要顯出自己是高級的，所以用了美國總統Johnson為名，不叫部隊火鍋，只稱尊生鍋。

位於梨泰園的一條小巷之中，這一帶酒吧林立，是首爾的蘭桂坊，晚上擠滿年輕人，慕名而來的客人不少，店很小，可擺十幾張桌子，要脫了鞋子進入，席地而坐。

牆上掛着的菜單全是韓文，外國人可以看圖片點菜，品種極少，只有最出名的「尊生鍋」，火雞腸、牛肉腸、紅燒豬肉、牛扒等幾種而已。

同行的友人不吃牛，只有先叫了火雞腸，我對雞肉已經一點好感也沒有，更別說枯燥無味的火雞了。上桌一看，一條腸切成一段段，有十幾塊之多。

勉強吃進口，咦，味道奇佳，還有肉香，是不是混了其他肉不知道，只知是好吃極了。也許是肚子餓的緣故吧，這是下酒菜，叫一壺我愛喝的土炮Makkari吧。

甚麼？沒有。侍者說：「我們這裏只賣啤酒！」

啤酒就啤酒吧，從前愛喝的老牌子ＯＢ已完全見不到，當今改名為Cass，味淡，但好過喝可樂。

紅燒豬肉接着，用了很多芡粉，煮得一塌糊塗，看不出肉的部位，像是把豬扒切成一塊塊地，下了很多莫名其妙的醬汁炮製出來。吃進口，酸酸甜甜，想選一塊肥一點的也難。

這時主角登場，尊生鍋是用一個鐵鍋上桌，下面不生火。鍋大，但料少。用筷子撥開鋪在上面的葱，可見切成方塊的午餐肉，還有火雞腸、芝士、年糕片和泡菜，就此而已，湯汁也少得可憐。

因為沒有生火，不能煮即食麵，也就只有那麼乾癟癟地吃了。出名的尊生鍋，不過如此。

擔心不飽，回到酒店叫消夜又麻煩，來一碗白飯吧，用鍋中的湯淋之。咦，怎麼那麼美味？再用湯匙舀一口淨喝，鮮甜呀，這是甚麼道理？午餐肉和香腸泡菜，是煲不出來的呀！

啤酒喝多了，去洗手間，韓國人叫為「化妝室」，用國語唸起來發音也相同，一問人家就知道。經過了廚房，看見一堆牛骨頭放在水中解凍，才知道有巧妙，原來湯是用那麼多骨頭連骨髓熬出來的。

雖然不錯，但如果想試部隊火鍋的話，還是別那麼正宗，吃那種又加即食麵又加飯煲粥的改良版本較佳。

店名：Bada Sikdang

地址：743-7 Han Nam Dong, Yong Shan-gu

電話：+82-2-795-1317

新羅酒店

到韓國的首都首爾，所有的政要、皇親國戚、明星、運動界名人入住的，也只有「首爾新羅酒店」。故英文名字不加甚麼甚麼Hotel，乾脆以The Shilla稱之，有唯一一家的意思。

在舊市區中開一家佔地那麼大空間的酒店，也是政治界和財經界的結合才能達到。三星集團的會長林秉喆與朴正熙總統關係密切，大刀闊斧地買下這個山頭，單單花園已佔三十萬平方呎，在一九七九年建立。

林秉喆深信風水，認為有了這塊福地就能把他的企業推到國際舞台上，果然讓他實現了目的，而新羅酒店，也變成了招待各國元首的地方，承繼了古代在這裏建築的「迎賓館」的傳統。

代表古韓國建築的平樓「迎賓館」和三十幾層的現代建築形成強烈的對比，當今還有很多入住的客人走進去遊覽一番，發懷古的幽思。

新羅雖然在三十多年前建立，但用料好，設計平實，在不斷更新改進之下，當今也不覺過時，並委託了設計過紐約四季酒店和東京君悦的 Peter Remedios 於二〇〇六年重新改造大堂、宴會廳和餐館，利用樹木、岩石和自然光線來呈現韓國獨有的舒適悠閒風格，我們一踏入它山坡上的庭院，即能感覺得到一片安詳和幽靜。

其他國家不説，單單是中國，就來了朱鎔基、胡錦濤、溫家寶和習近平，到總統套房去觀賞一下，就知道有多豪華是多豪華。普通套房和客房也都寬大，其中還有兩間韓國式的，要睡床也行，不然躺在地板的睡鋪上，享受一下燒炕的滋味，也富有傳統的樂趣。

走進普通房間，第一個注意到的是桌上擺着一個三星手機，提供給客人隨時帶出外應用，有甚麼留言即刻通知你。電視機當然是又大又薄的，節目看到一半，有人打電話進來，電視機的音量即刻自動減低，科技先進過其他國家的酒店很多年。

飲食方面，最閒適的是那二十四小時開放的「園景 Parkview」，早午餐的自助式之外，還有自選的。對着花園的落地玻璃窗進食，氣氛是輕鬆隨和的，制服整潔的女服務員穿梭，頭髮左右分界，在後頭打一個圓髻，給客人一個乾淨的感覺。她們都是千挑百選出來的，態度親切，但保持着莊嚴，像宮中的侍女。

豐富早餐供應的多是西餐和中國食物，但客人可叫一份韓國式的，菜單上不列明，只要向服務員講一聲即能辦到，這點很多客人都不知。

很出色的還有日本餐廳「有明 Ariake」，由名設計家植木莞爾把材料一點一滴由日本運來建築而成。從前還有鐵板燒，賣日本和牛，但近年來已取消，只做刺身壽司和懷石料理，食材卻堅持不用日本的，以一百巴仙的韓國海鮮代替，但選最新鮮最高級的，師傅也不肯用日本人，但依足日本傳統去做。

中國餐廳「八仙」並非只做山東菜，融合了各省的佳餚。做得最精彩的是他們的佛跳牆，連許多中餐老饕都讚好吃。

頂樓是一家西餐廳，問說賣甚麼地方的菜式？回答道以法國菜為主，但餐廳名叫「歐陸 Continental」，有點混淆。

約朋友聊天，最好是在「圖書館 The Library」，藏有八百多本咖啡菜式的厚圖書讓人閱讀，另有八十多種蘇格蘭單一麥芽威士忌，你想到甚麼牌子都有。最妙的還是可以一面抽煙一面喝。旁邊的餅店做的糕點精美，客人都讚其手工不遜歐洲和日本的。

健身院設備齊全不在話下，水療服務交給法國嬌蘭公司去做，另有抗衰老的診所 La Clinque de Paris 入駐。但是最令人嚮往的是它的理髮廳，設於三樓。整個過程兩小時，由理髮、洗頭、按摩、推油，毛巾熱敷，到修手甲趾甲為止。刮鬍子的享受更是一流，韓國一向對理髮廳有一個很優秀的傳統，那種服務要親身試過才知。

一進門，坐在理髮椅上，女服務員打開椅子前的小箱，是個水龍頭，第一件事就是把你的雙腳洗得乾乾淨淨，已是一個最佳的開始。有些人以為專為男士服務，但女客也照樣能夠享受，每一間房都有私人空間，全程收費是十五萬韓圜，合一千多塊港幣，絕對物有所值。（編註：這韓式理髮廳已結業）

想要一個特別點的地方結婚也是個好選擇，鮮花由替克林頓女兒設計婚禮的設計師 Jeff Leatham 操作，吃的針對顧客要求，要做甚麼餐廳都能辦到，怪不得張東健和高素榮選它，全度妍、權相佑和孫泰英也都在此結婚。

走進大堂，那幾層樓高的大堂頂樓就即刻顯出氣派來，近來還請了韓國著名的室內設計家設計擺設，由天花板上用鋼線掛下幾百萬顆的小水晶，晃動起來的效果是令人驚嘆的。

聖誕節前去，可以看到一棵大松樹，不知怎麼搬了進來，只聞到松樹的一陣陣香味，畢生難忘。

地址：首爾市中區東湖路 249（獎忠洞 2 街）
電話：+82-2-2230-3310
網址：http://www.shilla.net

海浪號火車

旅行，除了乘飛機，還有郵輪，較少人懂得享受的是火車。

火車是那麼浪漫的，尤其是對克麗絲蒂書迷來說，看過她的偵探小說，都會愛上那輛東方快車。

但火車始終是由一個站到另外一個站，不像郵輪一樣，可以停泊在一個小島玩一輪，晚上在船上睡覺，翌日又到另一個旅遊點觀光，這是郵輪的長處。

綜合了郵輪和火車的旅行，有蘇格蘭那條線，遊威士忌廠，睡在火車包廂中，第二天又到另一個廠去喝個飽，上回去過，非常之喜歡。

在亞洲，有東方快車的版本，從新加坡，經柔佛海峽到吉隆坡，再抵達檳城，然後去泰國曼谷。這條線，當今也開到寮國去了，如果進一步入中國雲南，是當然值得走一走，可惜也只是在各個都市停它一停，不像郵輪那麼帶乘客去觀光後再上車的。

較為像樣，也很少人知道的，是韓國的「海浪列車」，英文叫 HAERANG RAILCRUISE, RAILCRUISE 這個字觀其名，即知是列車 RAILWAY 和郵輪 SEACRUISE 的綜合，去到那裏停一停，睡在火車中，再旅行。

我們這次乘的是「海浪號」的 SIMILRAE 線，一夜兩天行程，SIMILRAE 是韓語「永遠的朋友」的意思。

從首爾的火車總站 KORAIL 出發，踏入火車，先看豪華包廂，面積比起亞洲東方快車的總統套房還要大，一張雙人床，一套觀景的沙發，並非日本列車那樣摺疊起來，而是安安穩穩地擺着。浴室、洗手間也都大，一節火車車廂，只給三間房佔着。

整輛的餐車一節，觀光客廳另一節車廂，公共享用場所寬敞，全部列車只乘五十多位客人罷了，怪不得車長宣布，韓國人口五千萬人，只供一百萬之一的人享受。

列車緩慢行走，和當今的子彈快線有強烈的分別。除了機頭組，全部工作人員出來相迎，在觀光廳中做自我介紹，是一群精挑細選出來的英俊男孩和漂亮少女，個個身兼數職，侍者亦是魔術師。登台表演，手法不遜職業性的，少女為我們所鋪的床單，亦做導遊工作，閒了就載歌載舞，忙個不停。

午飯時間到了，吃的飯盒菜式非常豐富，飯是熱的，當然少不了各種泡菜，還有一碗熱湯。啤酒是任飲的，酒徒們已開始微醉，回到房間，小睡一會兒，已經抵達一個叫順天灣的車站停下，客人坐上了巴士，咦，車長不是剛才彈古箏的那位女子嗎？她一路解釋各地風光，說順天灣是世界五大濕地之一，為韓國最大的自然生態公園，擁有蘆葦群二百多萬平方里，是兩條大川和海灣的交界地域，白頭鶴等兩百多種鳥類的棲息地。

說完韓語，見我們是中國人，還用國語解釋一遍，好奇地問她怎麼會說的？她嬌聲說：「不會講中國語，就當不了導遊工作了。」

到達，看那一望無際的蘆葦，要是秋天的話，開起白花，可是世界上也找不到的美景，如果張藝謀在這裏看到了，一定多拍幾部武俠片。

我們在蘆葦叢中散步，植物都比人還要高，從高處俯望，人那黑髮像火柴頭亂竄，蔚為奇觀。另一處是一片泥濘，黑漆漆，細膩如絲似錦，長出無數的蛳蚶，肥大甜美。在小食中燙熟來送酒，一流，那裏喝到的土炮馬格利，也是我在韓國喝過最好的，各位有機會試試，也一定會認同我所說的值回票價。

參觀完後又到寶城綠茶園，韓國喝綠茶的歷史並不悠久，新闢的茶園是根據山形種植，很藝術化地設計成一個巨型的圖案，又有高入雲端的筆直巨杉點綴，茶可醉人，景亦醉人。

又開始想喝酒了，車子載我們到一個鄉下餐廳，火車職員充當招待，又勸酒又唱歌，大家大吃大喝，當然有大量的蜥蚶和各種山珍海味，這一頓飯，名副其實地不醉無歸。

回到火車，搖搖晃晃地讓人入眠，但對於睡眠不安的乘客來說也不用緊張，火車到達了目的地光川之後就停下，可以一覺睡到天明。

我認為光川是韓國美食最佳的地方，剛起身火車就供應白焓湯飯，六點半出發帶各位去錦湖水療村，有二百一十三間按摩房，泡溫泉之後休息，再去美得可以讓李安拍另一部武俠片的竹林，午餐吃竹筍餐，下午三點返回火車。

或者可以像我們那麼另安排行程，去一個叫「靈光」的地方，那是北濟年代佛教第一次登陸，有座很宏偉廣闊的寺廟，寺廟下面，就是黃魚收穫得最多的漁港，大陸黃魚快被吃光，這裏還有大量野生的，售價雖不便宜，但比起內地合理得多，可以暢懷大吃，蒸、煮、燒烤的黃魚大餐，吃得過足癮來。

火車折回首爾，晚上抵達。

另一條線，是從首爾去釜山的，有不同的旅遊點。

對浪漫的火車旅行有興趣的朋友，不妨上網看看資料：http://www.railcruise.co.kr

韓國情懷

韓國友人問我：「你來過多少趟？」

「至少一百次。」我回答。

是的，數不清的，我和韓國結緣，從當學生時背包旅行開始，後來又自己去玩了，再下來是為工作。當年拍電影，遇到有雪景時，製作費大的就去日本，低的便去韓國了；在首爾附近的雪嶽山，我到過不知多少回。加上亞洲影展，把香港電影的版權賣去，去那裏拍旅遊節目，後來帶旅行團等等等等，真的上百次絕不出奇。

和一個地方結緣，也要看運氣，我每次去的經驗都是好的，結交的朋友，更是有趣的居多。對於他們的食物，我瞭若指掌，非常非常地欣賞，回到香港兩三個星期不嚐，便渾身不舒服。這幾天假期，太遠的地方不去，也到九龍城的一家叫 Kim's Garden 大喝馬格利土炮，大吞 Kimchi，才大呼過癮。

對韓國的這種情懷，不是經過長時間，是培養不出來的。前幾天寫文章，提到初次去當年的漢城，結交的一群山東朋友，更勾引出許多難忘的往事。

當年在日本有個同學叫王立山，我在邵氏駐東京辦事處工作時，也就請他來當助理。王立山是位韓國華僑，姐姐還在漢城開館子，那時候的華人，幾乎都是賣炸醬麵的。和王立山飛抵金浦機場後，白天到處玩，晚上就在館子裏的餐房打地鋪。

王立山的一群老朋友都來請我們吃飯喝酒，印象最深的是一個斷臂的畫家，一個在電台工作的鞠伯嶺，另一個也是開館子的老曹，大家說的國語滿口山東口音，把「吃」說成「喫」，年輕人沒有苦惱，一切以「喫之」解決。

五十多年前的漢城，人民窮困，衣服還是破爛的，這群友人算好，都穿得光鮮，帶來的韓國女朋友也都長得高大漂亮，不過沒有錢去整容。

到百貨公司新世紀，裏面的女售貨員都精挑細選出來，那是要得到一份工作都是不易的年代。在街上走走，也發現美女比東京來得多多聲。

「怎麼樣，喝杯咖啡去吧？」對外國人感到好奇，很容易說服。韓國女人比男人多，韓戰之後當兵的多數死了，女的為數加倍，年輕男人身旁沒有女伴，像是說不過去的。

有些友人膽子太小，口才又是不佳的話，只有去明洞找了，那裏的「半島酒店BANDO HOTEL」前面到了晚上有幾百個女人聚集，要找到一兩個美的絕對可能，而且，那是天真的年代，有甚麼事打一兩針盤尼西林即刻解決，不會因為愛滋病而死。

戰後經濟最差時，都是女人出來賺錢，男人們都躲到哪裏去了？這種現象全世界都是一樣。女人，還是最堅強的動物，在最貧窮困苦的時候，都要靠她們來養家。

我們當然比韓國男人佔優勢，至少不會對女人呼呼喝喝。在她們的眼中，我們像是男人看到蘇州女子，是有禮的，是溫柔的，到了午夜醒來，還可以看到她們以愛惜的眼光望着你。

女友是在晚上結識的，到了半夜十二點有戒嚴令，不準在街上遊蕩，喜歡出來飲酒作樂的良家婦女找不到的士回家時，就隨你回酒店過夜，當然不是每一個都肯，但對她們客氣一點，總有勝數。

歡場女人不是不結交，那是後來的事，工作時的朋友，像申相玉導演，一定會招待我們去伎生館，那是位於山明水秀的高級娛樂場所，伎生並不陪客人睡覺，談談戀愛倒是可以的。

韓國女子最愛有才華的男人，當你指手劃腳地把到世界各地旅行的故事告訴了她們，都會對你另眼相看，有時候還會帶你回家，這時由她們老母做的菜，雖不是甚麼山珍野味，但是傾家蕩產地把所有好吃的東西都搬出來。吃了不知道多少餐，結果都逃之夭夭，沒有當成韓國女婿。

拍電影的工作人員都是刻苦耐勞的，其中有不少女性，化妝梳頭的都是女的，多數長得漂亮，當我們爬上高山時，她們都會自動地替你把重的東西搬上去，又見你工作時不顧身份協助大家時，又愛得你要死。

寒冷的天氣中，她們的雙頰的確紅得像個蘋果，晝夜不分的工作時，一點抱怨也沒有，這時她們更加美麗，加上敬業樂業的精神，我們也愛她們愛得要死。

韓國女人和其他國家的不同，是她們敢作敢愛，愛的時候會用言語表達，不像日本女人那麼不作聲，她們常會大聲地 Yobo、Yobo 喊了出來，也不怕牆壁那麼薄，鄰房的人聽得到。翌日，若無其事，照樣工作。

俱往矣，當今的韓國女，有些已經像《我的野蠻女友》的主角，但比起其他國家的，還是值得交往，至少不會像美國的男人婆。她們過慣沒有傭人的傳統，會顧家的。

吃的東西都比從前好得多，尤其當今米芝蓮三星的幾家餐廳，是以往吃不到的。可是，還是懷念從前龜背火鍋的廉價牛肉。原汁原味的 Kimchi 味道始終不變，我對韓國的情懷，也始終不變。